KB063543

다
정
한

구
원

다
정
한 구
원

임경선
산문집

창비

리스본으로
돌아가기 전에

지금 딸의 나이, 그러니까 정확히 열 살 때 나는 리스본에서 1년간 살았다. 돌이켜 보면 리스본에서 보낸 그 1년만큼 아무런 유보 없이 평온하고 행복했던 적이 내 인생에 있었을까?

　다른 도시에서는 결코 느낄 수 없는 리스본만의 따스한 햇살과 맑은 하늘이 있었고, 부모님과 나, 이렇게 세 식구끼리만 지내다 보니 그들의 사랑과 관심을 독차지했던 기쁨도 있었다. 리스본에서의 부모님은 내가 살아생전에 본 중, 가장 즐겁고 온화하고 아름다운 표정을 짓고 있었다. 그 모습에 나는 저절로 안심하고 행복해했던 것 같다.

지난 늦여름, 아빠를 엄마 곁으로 보내드리고 나는 상실의 슬픔과 사후의 현실적인 문제들로 마음이 깊이 지쳐갔다. 때로는 인간에 대한 절망과 환멸의 감정이 나를 압도했다. 그즈음이었다. 내 곁의 딸을 보면서 아, 내가 지금 이 아이 나이였을 때 그곳에 있었지, 깨닫고 미소 짓게 된 것은. 그렇게 기억 속에 묻어두었던 리스본의 존재가 내 안에서 점점 커져갔다. 문득 그 시절 내가 보고 만지고 느낀 경험들을 딸에게 고스란히 물려주고 싶었다. 다시 갈 수 있을 거라고는 그간 생각도 못 해봤던 리스본이 갈수록 자석처럼 나를 끌어당겼다. 하지만 눈을 질끈 감고 고개를 저었다. 리스본은 뭐랄까, 당시 같이 살았던 유일한 자식으로서, 부모님에 관한 가장 농축된 기억이 서려 있는 장소였다. 리스본에 가면 감정적으로 완전히 무너질 것 같아서 두려웠다. 그러다가도 마음이 차분해지면, 그들이 가장 생생하게 삶을 살았던 공간에서 그들을 기억하고 싶은 마음이 들었다. 그곳에서 환하게 웃던, 갓 마흔 살 눈부신 젊은 시절의 모습으로 영원히 각인하고 싶었다. 생의 마지막 날들의 고통스럽고 쓸쓸한 모습으로 간직하기에는 내 마음이 너무 아팠다.

리스본에 가기로 마음을 먹자 거짓말처럼 나는 평온해졌고, 그 평온함은 이내 상상치도 못한 설렘의 감정으로 변해 내 안에서 부풀어 올랐다. 결심했다. 딸아이를 데리고 리스본에 가자고. 아무에게도 방해받지 않고 많이 쉬고 많이 자자고. 내 키는 대로 걸어 다니고, 마음에 드는 장소를 발견하면 그곳에서 아낌없이 시간을 보내자고. 가끔은 과거의 장소들이 궁금하겠지만 지나치게 감상적이 될 것 같으면 무리하진 말자고. 그래도 느끼는 감정 모두 그대로 받아들이자고. 딸에게서 내 모습이 겹쳐 보일 때마다 그 아이를 품에 안아주자고. 그렇게 앞으로의 날들을 살아가게 해줄 힘을 얻으러 가자고.

도착

한국에서 리스본으로 가는 직항 비행기는 아직 없다. 에어 프랑스 항공사를 이용, 파리 샤를 드골 공항을 경유해서 리스본으로 가는 중이다. 승무원이 나눠준 종이 메뉴판에 쓰여진 문구가 퍽 인상적이다.

'당신이 원하는 메뉴가 다 떨어졌다고 해도 너무 상심하지 말아요. 인기 많은 게 죄는 아니잖아요?'

그 여지없는 프랑스다움에 피식 웃음이 새 나온다.

이른 아침에 출발한 항공편이라 잠은 오지 않는다. 딸 윤서는 계속 헤드폰을 머리에 쓰고 영화를 보는 한편, 나는 '도착지까지 남은 시간' 화면을 물끄러미 응시하며 시간을 보낸다.

정지 화면처럼 보여도 비행기는 끊임없이 미세하게 움직이고 있고 남은 비행시간은 어쨌든 줄어들고 있다. 구체적으로 '내가' 하는 일은 아무것도 없지만, 실은 나라에서 나라로 이동하는 큰일을 하고 있다. 평소 아무것도 안 하고 시간을 보내는 일에 인색한 나는 이런 기회에 죄책감 없이 아무것도 하지 않는 경험을 만끽한다.

기장이 곧 비행기가 리스본의 움베르토 델가도 국제공항에 착지할 것을 방송한 게 대략 현지 시각으로 오후 5시 20분. 기체가 조금씩 하강하면서 리스본 도심과 테주Tejo강이 어슴푸레 보이기 시작한다. 일곱 개의 언덕으로 이루어진 지형 덕분에 리스본은 멀리서 보면 마치 울퉁불퉁한 팝업 그림책을 펼쳐놓은 것 같다. 적갈색 지붕의 하얀 집들은 작은 장난감 모형처럼 보인다. 생각지도 못한 순간, 노을이 지기 시작한다. 테주강 수면 위로 연분홍빛으로 하늘이 물들기 시작한다. 불과 몇 분 만에 연분홍은 진분홍빛으로 변하더니 어느새 감쪽같이 주홍색으로 변한다. 그 주홍색 빛이 모든 창문 틈새로 들어와 무채색의 무기질적인 기내 안을 환상적인 분위기로 탈바꿈시킨다. 기체가 몸을 조금씩 틀 때마다 주홍빛은 바로 눈앞에서 반짝반짝 만화경처럼 아름다운 빛의 향연을 연출한다. 마침내 노을의 주홍색이 극에 달하다가 다홍색이 되고, 어디에선가 보라색과 회색이 겹겹이 끼어든다. 리스본 공항 활주로에 완전히 착지할 무렵에는 처음 노을 질 때와는 반대로 연분홍빛이 하늘 맨 위로 올라가 있다. 시곗바늘은 5시 40분을 가리키고 있고, 향후 리스본에서 보내는 하루하루, 노을이 지는 모습을 눈여겨볼 것 같은 예감을 느낀다.

커다란 트렁크 두 개를 끌고 공항 밖으로 나오니 이미 해는 저물어 있다. 오랜 세월이 지나 리스본에 돌아온 벅차오름도 잠시, 주변이 깜깜하니 어쩐지 낯설고 뭔지 모를 안절부절못함이 느껴진다. 이베리아반도의 겨울은 대개 우기라고 들었지만 일기예보를 보니, 여기서 지내는 동안은 어떨지 모르겠다. 비가 와도 좋고 안 와도 좋다. 밤만 봐서는 내일 아침 날씨가 어떨지 도무지 상상이 가지 않는다. 아무튼 32시간으로 꽉 채운 하루를 살았으니 이래저래 고단하다. 그래도 호텔로 가는 택시 안 라디오에서 귀에 익은 80년대 팝송이 흘러나오자 굳어 있던 기분이 조금씩 풀린다. 세상 쓸모없이 노래 가사를 여태 다 외우고 있다는 걸 깨닫고 그 사실이 잠시 마음의 위로가된다. 리스본 시내로 진입하니 곳곳에 여전히 크리스마스 일루미네이션이 화려하게 장식되어 있어서 이곳에 돌아온 일이 현실보다는 꿈에 더 가깝게 느껴진다. 난 정말로 리스본에 돌아온 것일까?

멍하니 창밖 풍경을 응시하는 와중, 택시는 어느덧 테주강변의 바이샤Baixa 지역에 들어선다. '바이샤'란 포르투갈어로 '아래' '낮은'이라는 뜻으로, 말하자면 '저지대'를 의미하는데, 대부분 언덕으로 이루어진 리스본에서 바이샤 지역은 거의 유일한 평지다. 금융계 건물이 밀집한 금의 거리Rua da Ouro를 지나고 나면, 다음 블록에서 'Rua da Prata'라는 표지판이 보인다. '은의 거리'라는 뜻이다. 은빛 일루미네이션이 건물 사이사이에 거미줄처럼 얽혀 반짝반짝 빛나는 가운데, 나는 100미터 멀리서도 그 초록색을 단번에 알아본다. 앞으로 다섯 밤을 묵게 될 호텔 다 바이샤Hotel da Baixa다. 이곳으로 말할 것 같으면, 무려 세 번이나 예약과 취소를 반복했다가 마침내 예약을 확정한 곳이다. 작금의 호텔 예약 사이트는 선결제도 필요 없고, 무료 취소도 되다 보니 자꾸 변덕을 부렸다. 인생사 대부분의 것들은 무료 취소는커녕, 한번 선택하면 여지없이 그 대가를 치러야 하지 않던가. 투숙객들의 적나라한 리뷰를 자꾸 들춰 본 것도 문제였다. 넘치는 정보가 반드시 좋은 것만은 아님을, 내가 예약했다가 취소한 일련의 숙소 리스트가 여실히 입증해주고 있다:

❖ *Pousada de Lisboa*

'포자다'는 포르투갈의 유서 깊은 건물에 지은 호텔이다. 다만 그 탓에 더 비싸고, 비싼 것치고는 방이 너무 작다는 평이 많아서 취소.

❖ *Feel Like Home Bica Prime Suite*

여행 와서 굳이 '집 같은' 곳에 묵고 싶지 않다는 생각이 문득 들어서.

❖ *PortoBay Liberdade*

홍보 사진의 남녀 투숙객 분위기가 한없이 경박해 보여서.

❖ *PortoBay Marquês*

침대 시트 소재가 면 100퍼센트가 아니라는 리뷰를 보고 경악.

❖ *Lisbon Poet's Hostel*

김연수 작가님의 여행 산문에서 '천국'이라는 표현을 보고 호기심에 예약했건만 그건 그분이 '천사' 같은 품성을 지니신 분이라 그런 것 같았다.

❖ *Casa Oliver Boutique B&B Príncipe Real*

합리적으로 읽히는 비판을 남긴 투숙객에게 숙소 측 매니 저가 매섭게 반박한 걸 읽고 무서웠다.

❖ *Olissippo Castelo*

널따란 방 크기 + 저렴한 가격 = 외진 위치.

❖ *Vincci Liberdade*

실용적이라 좋았는데 실용적이라 싫어졌다.

❖ *Vincci Baixa*

위치는 좋지만 가성비만 고려한 듯한 멋없음.

❖ *Hotel Riverside Alfama*

알파마 지역이라 좋았지만 바로 몇 발자국 앞이 테주강일 필요까진 없어 보여서.

❖ *H10 Douque Ju Louli*

처음에는 포르투갈 고유의 블루&화이트 타일 장식 인테리어가 마음에 들었지만, 나중엔 너무 과해서 추워 보임.

❖ *Dear Lisbon Charming House*

'차밍'이라는 단어가 어쩐지 부끄럽다.

❖ *Dear Lisbon Palace Chiado Suites*

공용 공간이 식당 말고는 없어서 답답함.

❖ *Le Consulat*

'영사관'이라는 뜻인데 밤에 로비가 디제잉 부스로 바뀌고

힙스터들의 성지가 된다는 얘기에 기겁.

✤ *Turim Saldanha Hotel*

일식당이 있어서 빵보다 밥을 좋아하는 딸에게 좋지 않을까 싶었는데 나중에는 왜 내가 여기까지 와서 일식을 먹어야 하나 싶어서.

✤ *Traveler's House Hostel*

라운지 빈백에 널브러져 있는 젊은이들 사진을 보며 내가 더 이상 20대가 아님을 불현듯 깨달음.

✤ *York House Hotel*

두 번 취소. 원래 수녀원 건물이었고 록 가수 믹 재거가 묵었던 숙소라고 해서 잡았다가, 현재 옆 건물 공사로 소음이 발생된다고 밝혀서.

✤ *Corpo Santo Historical Hotel*

세 번 취소. 호텔 평가 사이트에서 리스본 소재 부동의 추천 1위 호텔이긴 했지만 한 번은 흰색 베개와 쿠션 커버에 호텔

이름이 갈색 실로 수놓아져 있어서. 또 한 번은 이메일로 질문을 보냈는데 답신이 너무나도 늦고 동문서답이라서. 마지막 이유는 이 호텔의 가장 큰 장점이라 자랑하는 무료 도보 투어 가이드들이 아침 식사 테이블마다 돌면서 신청받는다는 얘기가 있어서. 밥 먹을 때는 건드리지 말자.

이곳 호텔 다 바이샤도 마찬가지로 한때 세 번이나 취소했던 곳이다. 방 크기가 화장실 크기와 같아서 한 번. 트윈 침대의 너비가 90센티미터로 몹시 좁은 데다가 두 침대가 바짝 붙어 있는 것을 보고 두 번. 다소 멋 부리려고 하는 듯한 어떤 허영기 탓에 세 번째 취소.

그러고선 초록색이 이겨버린 것이다.

세상사라는 것은 이토록 합리성과 거리가 멀다. 초록색 외관을 가진 호텔은 난생처음 보았고, 하필이면 나는 초록색을 지나치게 사랑한 것. 다분히 사소해 보이는, 지극히 비실용적인 이유 하나가 때로는 그 외의 모든 중요하고 합리적인 이유들을 압도해버리고 만다. 그쯤 되면 그것은 더 이상 사소한 이유가 아니라 적어도 나에게만큼은 절대적인 이유가 된다.

Day 2

저마다의
여행법

Thursday,

January 3rd

"포르투갈의 집들은 일반적으로 미국 집들보다 훨씬 작아요. 더군다나 우리 호텔은 역사적으로 오래된 구시가지의 한복판에 있으니 건물 크기가 더 좁고, 그러다 보니 객실에 큰 침대를 두기가 어려워요."

늦은 아침 눈을 뜨자 호텔 다 바이샤의 컨시어지, 안드레아가 이메일로 미리 귀띔을 해주었던 말이 생각난다. 정말이지 이렇게 비좁은 싱글 침대도 처음인 데다 두 침대를 붙이면 트윈 침대 본연의 의미가 상실되는 게 아닐까 갸우뚱하게 되지만, 그래도 사랑하는 사람이 바로 곁에서 새근새근 들숨 날숨을 내쉬며 자는 모습을 보면 뭐 어쩌겠어, 싶다. 사실을 고백하자면, 나는 딸아이를 바라보는 것만으로도 행복하다. 나에게 행복이란 그런 것이다. 그보다 더한 행복? 내가 사랑하는 사람이 행복해하는 모습을 볼 때. 가령 윤서가 행복해할 때 나의 행복은 그 곱절이 된다. 열 살의 나도 부모님에게 그런 존재였을까. 이젠 물어볼 수도 없지만, 그런 마음이었다면 참 좋을 것 같다. 아무튼 세상 그 어디에서도 유연하게 대응하는 아이의 모습은 어쩐지 경이롭다.

'바보 같아. 엄마와 같이 있으면 안심되는 게 당연한 거 아니야?'

윤서가 이 말을 듣는다면, 눈을 동그랗게 뜨고 이렇게 대꾸하고도 남겠지. 건조한 것도 참 나를 닮았다. 주말 아침, 늦게 눈이 떠져 이렇게 한없이 아이 얼굴을 들여다보고 있노라면 아이도 어느덧 눈을 뜬다. 베개를 서로에게 바짝 붙이며 옆으로 누워 얼굴을 마주 본다. 윤서는 웃지도 않고 집게손가락으로 내 이마와 뺨, 콧등과 입술 여기저기를 꾸욱 누르곤 한다. 마치 눈앞의 실체를 꼼꼼히 확인하려는 듯이. 내가 조심스럽게 사랑을 구걸하는 유치한 질문을 던져도 무슨 말이 필요하나는 듯이, 입을 꾹 다물고 심각한 과학자의 표정으로 물끄러미 엄마의 얼굴 부위 하나하나를 제 손가락으로 확인한다. 평소에 누리는 가장 느리고 나른하게 흐르는 시간을 이곳 리스본에 와서 누려도 참 좋을 것이다. 당분간은 직성이 풀릴 때까지, 그대로 자게 두어야 하겠지만.

부모님이 모두 세상을 떠나고, 이 세상에서 내가 책임을 느껴야 하는 사람은 이제 윤서, 단 한 사람이 되어버렸다. 바꿔 말해 딸을 제외한 그 모든 인간관계는 내가 버릴 수 있다는 말이다. 그 자유가 여전히 생경하고 외롭게 느껴진다.

리스본에 도착하면 가장 먼저 가봐야 하는 곳이 코메르시우 광장Praça do Comércio이라고 한다. 탁 트인 광장 너머로 웅장하게 펼쳐진 테주강에게 '지금 여기, 내가 리스본에 왔다'라고 신고하고 여행을 시작해야 한다며. 그 말이 꽤 설득력이 있어, 윤서와 나는 호텔을 나와 강바람이 불어오는 방향으로 십여 분을 걷는다. 리스본이 끼고 있는 것은 '바다'가 아니라 '강'이라는 것을 나는 이번 여행을 준비하면서 처음 알았다. 엄밀히 따지자면 리스본 도심에서 약 이삼십 분 거리에 있는 벨렝 Belém탑부터가 테주강의 끝이자 대서양의 시작이다. 아빠가 운전하는 자동차의 뒷좌석에서 꾸벅꾸벅 졸다 보면 어느새 바다에 도착했으니, 나는 리스본이 부산처럼 바다를 끌어안고 있다고 착각한 것이다.

코메르시우 광장은 원래 옛 궁전이 있던 자리지만 1755년 11월 1일에 일어난 리스본 대지진으로 지금은 이렇게 거대한 빈 공간으로 남게 되었다. 광장이 있는 바이샤 지역은 피해가 가장 심했던 곳이다. 리스본 대지진은 당시 리스본 인구 27만 명 중 무려 9만 명의 목숨을 앗은, 리히터 규모 8.5~9.5의 세계 최악의 재해 중 하나로 꼽힌다. 지진은 여느 평범한 일요일 아침, 시민들이 성당에 모여 미사를 드리던 와중에 일어났고, 신에게 버림받은 이때의 경험은 공교롭게도 포르투갈의 문화와 철학을 종교 중심에서 인간 중심으로 바꾸는 계기를 마련했다. 이유 모를 고통을 겪다 보면 인간은 더 이상 신만을 의지하며 살아갈 수가 없다. 코메르시우 광장을 가로질러 테주강 변에 다다르니 물가에 얕은 계단이 나 있다. 강물이 철썩이는 잔잔한 소리가 들리고 탁 트인 시야에 들어오는 것은 오로지 수평선뿐이다. 눈부신 햇살은 따뜻하고, 강물과 바람은 기분 좋게 차다. 사람들은 강을 배경으로 사랑하는 사람을 품에 안고 사진을 찍는다. 혹은 사랑하는 이에게 보낼 자기 사진을 찍어달라고 낯선 사람에게 웃으며 부탁한다.

바다처럼 웅장한 테주강을 바라보며 포르투갈의 대항해시대를 상상한다. 중세 이전의 유럽 사람들은 지구가 사각형이어서 수평선 너머로는 수직으로 추락할 거라고 믿었다. 하지만 리스본의 탐험가들은 바다 너머 어디쯤에 신세계가 있으리라는 상상을 하고, 불확실성이라는 두려움을 이겨내고 용기 있게 모험해버리고 만다. 어쩌려고 이토록 무모하고 낭만적이었던 것일까. 어떤 마음가짐을 지니면 바다를 세상의 끝이 아닌, 시작으로 볼 수 있는 것일까. 하기야, 끝과 시작은 늘 그렇게 함께 붙어 다녔지만 우리가 그 사실을 외면하지 않았던가. 새로운 것을 발견하는 일은 원래 그 무엇보다도 멋진 일이다. 지금 이 시대에는 그러고 싶어도, 새로운 것을 발견하는 일이 과연 가능하기나 할까 아득하기만 한데.

끝없이 이어지는 생각을 끊고 나는 이곳에 온 목적을 기억해낸다. 대서양에 풍요로운 물을 흘려 보내주는 테주강을 바라보며 속으로 나지막이 부모님을 떠올린다.

엄마, 아빠. 저, 윤서 데리고 리스본에 돌아왔어요.

가만 보면 여행하는 방식은 사람마다 참 다르다. 숙소에선 잠만 자고, 깨어 있는 동안에는 지칠 때까지 여행지 곳곳을 둘러봐야 직성이 풀리는 사람이 있는가 하면, 낯설지만 쾌적한 호텔 방 안에서 머무는 것을 더 중요하게 생각하는 사람도 있다. 어떤 사람은 현지의 모든 이동 수단을 타보려고 하고, 누군가는 그 나라 사람들이나 다른 여행자들과 대화를 나누고 싶어 한다. 하루 세 끼 맛있는 것을 먹기 위한 동선을 짜는 이가 있는가 하면, 밤마다 클래식 음악이나 오페라 공연장을 찾는 이도 있다. 돌이켜 보면 나는 조금은 남다른 매력을 지닌, 일상의 장소들을 편애하는 것 같다. 그 장소들은 고유의 이야기를 품은 서점과 카페, 동네 주민들의 평범하지만 소중한 생활의 한 부분인 고즈넉한 정원과 공원, 주말에만 특별히 열리는 시장, 그리고 관광객들의 손을 덜 탄 작은 길목들이다. 아쉽지만, 세계유산으로 지정된 유적지나 유명 조형물들, 성당, 수도원, 절과 신사 등의 종교 시설들, 경탄을 부르는 작품들을 한 군데에 친절히 모아둔 미술관과 박물관에는 크게 흥미가 없다. 이와 더불어 마음에 드는 숙소 선택에 대한 광적인 집착 정도가 나의 여행을 설명하는 특징이라 하겠다.

코메르시우 광장으로 나가 테주강에 귀국 인사를 마친 우리는 바이샤 동네 산책에 나선다. 호텔이 있는 프라타 거리 바로 옆 블록으로 들어가니 페르난두 페소아Fernando Pessoa의 『불안의 책』에 등장하는 도라도레스 거리Rua dos Douradores가 불쑥 눈앞에 나타난다. 『불안의 책』은 한 사람이 평생에 걸쳐 추구한 내적 성찰을 극한까지 밀어붙인 작품으로, 리스본의 회계 사무원 베르나르두 소아르스가 일상을 기록한 일기 형식을 취했다. 페소아 자신처럼 예민하고 복잡한 내면을 가진, 냉소적이고 고독한 일인칭 주인공 소아르스가 저 4층짜리 건물 어딘가에서 흰색 토시를 두르고 지금도 과묵하게 타이핑을 치고 있을 것만 같다. 다른 골목들이 보드라운 파스텔 톤이라면 도라도레스 거리만큼은 멋 하나 부리지 않은 벽돌색이 주를 이룬다. 폭도 차 한 대 겨우 지나갈 정도로 좁다. 그러거나 말

거나 세일러풍 유니폼을 입은 짐꾼은 씩씩하게 수레를 끌고 지나가고, 콧수염을 기른 트렌치코트 차림의 중년 남성은 분주히 일터로 향한다.

도라도레스 거리를 빠져나와 바이샤의 중심가인 아우구스타 거리Rua Augusta를 걷는다. 밖에는 입간판만 세워놓은 아르테 후스티카Arte Rústica라는 포르투갈산 민예품 가게로 들어선다. 투박한 디자인의 토기와 자수 테이블보, 양모 러그 등 포르투갈산 민예품은 매혹적이지만 무게 탓에 사 가긴 힘들 것이다. 그러다 과거에 부모님이 사준 자수를 수놓은 보석함을 발견하고 입이 벌어진다. 윤서에게도 하나 선물하려다가 가격표를 보고 망설인다. 그 대신 동일한 자수 기법으로 만든 연인들의 손수건Lenços dos Namorados을 데려가기로 한다.

연인들의 손수건은 포르투갈 북서부 미뉴Minho 지방에서 17세기에 시작된, 젊은 여성들이 손수건에 메시지나 그림을 수놓아 사랑하는 남자에게 선물하는 풍습이다. 혹은 사랑에 빠진 남자가 상대에게 이렇게 고백할 수도 있다.
"나를 위해 손수건을 만들어주시지 않겠소?"

오리지널 디자인은 빨강과 검정의 코로스 스티치지만 세월이 흐를수록 밝고 아기자기해졌다. 마치 어린아이의 자유로운 낙서와도 같다. 무엇을 수놓을지 정해진 규칙은 없다. 하트와 열쇠, 두 사람의 기념일을 기본으로, 비둘기는 연인의 자상함, 꽃과 식물 줄기는 사랑의 울타리, 배나 편지를 입에 문 비둘기는 멀리 떠난 사람에 대한 그리움, 십자가나 촛대는 신성한 결혼을 의미한다. 메시지를 수놓는다면 연인의 이름부터 '나 말고는 아무도 사랑하지 않기를' '당신만이 나의 희망' '이것은 나의 마음을 여는 열쇠입니다' 등 사랑을 고백하는 저마다의 문장이 들어간다. 당사자들이 아니면 모를 사적인 이야기가 새겨질수록 매력적이다.

수를 놓는다는 것은 그 자체로 얼마나 시간과 정성을 요하는 일일까. 오랜 시간 무심한 표정으로, 하지만 애정만큼은 꾹꾹 눌러 담아 한 땀 한 땀 완성을 향해 나아가는 의지. 여러모로 비효율적이고 기성 제품처럼 세련되지 못하더라도 누군가를 좋아한다는 것이 애초에 효율이나 세련과는 거리가 먼 게 아닐까. '그럼에도 불구하고' 손수 만들어서 주고 싶은 것이 사랑하는 사람의 마음일 테다.

손수건을 선물받은 남자는 일요일 미사에 참석할 때 멋지게 차려입고 의기양양하게 상의 주머니에 꽂거나 목에 두르거나 모자에 은근히 감았다. 이른바, 자신들의 사랑을 공공연히 알리는 약혼의 징표였다. 짓궂은 남자들끼리는 친구가 받은 손수건을 몰래 훔쳐서 연인들을 싸우게 만들기도 하고, 헤어지면 상대에게 손수건을 반납하는 이도 있었다. 연인들의 손수건은 보통 어느 정도 애정을 서로 확인한 사이에 주고받았지만, 간혹 소수의 용감한 아가씨들은 짝사랑하던 남자에게 수놓은 손수건을 주면서 고백하기도 했다. 세상 곳곳에는 예나 지금이나 그렇게 해서라도 고백하지 못하면 스스로 견디질 못하는 열정 넘치는 여자들이 존재하는 것이다. 결과와 상관없이 그건 그것대로 너무나 사랑스럽고.

아우구스타 거리를 나와 서쪽, 시아두Chiado 방면으로 터벅터벅 걸어간다. 가보고 싶었던 서점이 세 곳 있다. 책과 관련된 일을 하고 있어서 궁금하기도 했지만 근본적으로는 서점 특유의 분위기를 사랑하기 때문이다. 서점의 분위기는 태생적으로 훈훈하고, 행여 분위기가 훈훈하지 않은 서점이라는 게 세상에 존재한다면 그것은 이미 서점으로서 기능하지 않는다고 생각한다. 서점의 훈훈함에는 기본적으로 책이라는 아날로 그한 사물이 지대한 영향을 미치지만 서점 주인과 점원, 그리고 애서가라는, 과장 조금 보태서 멸종 위기에 있는 이들이 대개는 괜찮은 사람들인 것도 한몫한다. 쾌활하거나 쉽게 친해지는 타입은 못 될지도 모른다. 그러나 나는 그들이 스스로 생각하고자 하고, 필요하다면 진지할 줄도 알고, 조금은 이 세상에 보탬이 되고자 애쓸 사람들이라 믿는다.

지도를 따라 골목골목 교차해서 걸어가던 중에 처음 발견한 곳은 유서 깊은 페린 서점Livraria Ferin이다. 1840년에 문을 연 이곳은 리스본에서 두 번째로 오래된 서점으로 단골들이 정기적으로 찾는 지적인 분위기다. 한때는 포르투갈 국왕의 책을 만들었고, 종종 작가 낭독회가 열리는 아래층으로 내려가면 당시 사용하던 제본 도구들이 예전 그대로 전시되어 있다. 문을 열고 들어가니 하얀색 아치형 천장과 동그란 앤티크 시계가 먼저 눈에 띄고, 천장 높이로 짜 맞춘 오랜 세월을 거친 나무 책장들과 고풍스러운 감색 카펫, 구석구석 놓인 검정색 가죽 소파들이 정겹다. 왼쪽 중앙에 놓인 책상 뒤에서 조용히 책을 읽으며 혼자 서점을 지키는 안경 쓴 갈색 고수머리 여성이 보인다. 아마도 이 서점에서만 스무 해 동안 근무한 마팔다 살레마일 것이다. 한눈에도 이 장소를 온전히 장악한 내공이 느껴진다.

다음에 들어가본 서점은 시아두 중심 가헤트 거리Rua Garrett의 베르트랑 서점Livraria Bertrand. 이곳 역시 화려한 간판도 없고 입구도 좁다. 1732년에 문을 연 베르트랑 서점 시아두점은 기네스북이 공식적으로 인증한 세계에서 가장 오래된 서점이다. 세상에, 1732년이라니 상상조차 되지 않지만 통로 한쪽 벽면에 걸린 서점 초기의 커다란 흑백사진을 보며 그 세월의 깊이를 겨우 가늠해볼 뿐이다.

오후 1시가 다 되어갈 무렵, 카페 겸 레스토랑 마르티뉴 다 아르카다Martinho da Arcada에 도착한다. 1782년에 문을 연 이곳은 당대 지식인과 예술가 들의 집합소이기도 했지만 그보다는 페소아가 즐겨 찾았다기에 들르고 싶었다. 시아두 중심에 있는 카페 아 브라질레이라Café A Brasileira 앞에 페소아의 실물 크기 동상이 설치되어 있어 그곳이 단골 카페로 간주되지만, 실제 페소아가 식사와 독서, 다른 작가들과의 교류를 즐긴 곳은 주로 여기, 마르티뉴 다 아르카다였다. 무역회사 사무원으로 일하던 시절, 사무실이 지척인 도라도레스 거리에 있다 보니 그는 거의 매일 여기서 식사와 커피를 해결하고 밤늦게까지 글을 썼다. 동그란 안경에 콧수염, 까만 중절모에 말끔한 검정 슈트를 빼입고 홀로 외로이 리스본 거리를 누비는 무표정한 신사.

마르티뉴 다 아르카다의 테라스석에는 화창한 날씨를 즐기는 사람들과 그 사이를 오가는 검정 조끼에 보타이, 하얀색 긴 앞치마 차림의 웨이터들이 보인다. 두근거리는 마음을 누르고 식당 문을 천천히 조심스레 열어본다. 넌지시 안을 둘러보니 아직 다른 손님의 모습은 보이지 않는다. 그리고 바로 정면에 '그' 4인용 테이블이 보인다. 벽걸이에 중절모가 걸려 있는 곳. 포토 월로 쓰기 위해 손님을 받지 않는 자리. 페소아가 지정석으로 앉았던 '페소아의 테이블'이다.

페르난두 페소아에 대해 무슨 말부터 해야 할까. 페소아는 생전에 단 한 권의 시집 『메시지*Mensagem*』만을 낸 무명작가였

으나 1913년에 세상을 떠난 후, 그의 방에 있던 큰 트렁크 안에서 시와 산문이 쓰인 3만여 장의 쪽지와 노트가 발견되면서 전설이 되었다. 그를 구별 짓는 가장 독특한 이력은 그가 저자로서 사용한 무려 70여 개에 달하는 '이명異名'들이다. 각 이명마다 성장 배경과 교육 수준, 직업이 다른 인물을 설정해두고 그에 따라 다른 문체와 언어로 글을 썼다. 전 세계 문학 연구자들이 끊임없이 매료되는 주제다.

그러나 페소아는 내게 전혀 다른 의미로 와닿는 사람이다. 다섯 살 때 친아버지가 세상을 떠나고 외교관과 재혼한 어머니와 양아버지를 따라 리스본에서 남아프리카 더반으로 하루아침에 이주하여 외국어인 영어로 공부해야 했던 일. 어처구니없는 행정 실수로 영국 유학이 좌절되어, 어쩔 수 없이 홀로 열일곱 살에 귀국, 리스본 대학 문학부에 입학해야 했던 일. 입학 후 1년도 안돼 시간 낭비라 생각해서 대학을 그만두고 낮에는 생계를 위해 무역회사에서 번역 사무원으로 일하며 밤에는 시를 쓰기 시작한 일. 평생 단 한 번 연애한 일. 그마저도 부담을 느껴 관계를 먼저 끊은 일. 모더니즘 문예지를 펴내도, 출판사를 열어도 얼마 가지 않아 실패를 겪은 일. 불현듯, 『불안의 책』(오진영 옮김, 문학동네 2015)에 실린 문장 몇 구절이 떠오른다.

"우리는 마주 보고 있어도 서로를 보지 못한다."
"불안은 점점 커지면서 언제나 그 자리에 있다."

반항적이고 내향적 외톨이이자 아웃사이더인 페소아의 글에는 체념, 자의식, 고독이 어려 있다. 자신이 창작해낸, 수십 가지 이명들은 외롭기 때문에, 나를 아무도 이해해줄 것 같지 않기 때문에, 지금의 내가 싫기 때문에 스스로에게 만들어준 분신이자 친구가 아니겠는가. 그는 열일곱 살에 남아공에서 리스본으로 돌아온 후, 단 한 번도 외국에 나가지 않고 고집스럽게 오로지 리스본에만 머물렀다. 그가 여행이나 여행기를 상상력의 부재라며 비판하고 부정하는 것이 나에게는 진심이라기보다 좌절된 과거의 경험에서 비롯한 반발로 읽혔다. 혹은 성장기 시절 그 어디에도 제대로 뿌리내리지 못한 인간의 '결코 변하지 않을 내 것'을 향한 집착이 아니었을까. 이것은 나의 주관적인 동질 의식일 뿐일까.

혼자 이런저런 생각에 잠겨 있다가 주문을 받으러 온 웨이터 덕분에 정신이 훌쩍 든다. 우리는 칼도 베르데Caldo Verde와 마르티뉴 다 아르카다풍 송아지 스테이크, 그리고 올리브오일 풍미의 대합조개찜을 시킨다.

칼도 베르데부터 바로 나왔다. 감자와 양파, 양배추 등을 넣고 푹 끓인 후 얇게 썬 케일을 더한 이 수프는 내게 정어리구이와 더불어 추억이 짙은 음식이다. 케일 때문에 '베르데(초록색)'라는 이름을 얻었다. 윤서와 마주 앉아 몸의 심지까지 따뜻해지는 칼도 베르데를 나눠 먹으며 텅 비어 있는 실내를 천천히 둘러본다. 옆 테이블 위의 옷걸이에 덩그러니 걸려 있는 그의 검정 중절모 때문인지 몰라도, 칼도 베르데가 온기를 전해줄수록 나는 페소아의 쓸쓸했던 일생을 생각한다. 그러거나 말거나 페소아 아저씨는 특유의 심드렁한 목소리로 딴소리다.

포도주나 한 잔 더 주게. 인생은 아무것도 아니니.

−1935. 11. 19.

페르난두 페소아 「병보다 지독한 병이 있다」 중

(『내가 얼마나 많은 영혼을 가졌는지』, 문학과지성사 2018)

리스본의
색깔

진정할 시간이 조금 필요해서 어제 일기에 쓰지 않은 것이 하나 있다. 늦은 오후, 시아두에서 정교한 문양의 돌길, 칼사다 포르투게자Calçada Portuguesa 위를 걷다가 그만 얕은 계단 하나를 보지 못하고 오른발을 헛디뎌 앞으로 넘어지고 만 것이다. 오른손에 들고 있던 카메라는 저만치 내동댕이쳐지고 나는 칼사다 포르투게자와 납작하게 한 몸이 되었다. 순식간에 일어난 일이라 잠시 바닥에 엎드려 눈을 감고 있었다. 짧은 순간 동안 여러 생각이 스쳤다. 다리가 골절 되면 남은 체류 기간을 어떻게 해야 하나, 이곳 병원에 입원해야 하나, 윤서는 어디에 맡겨야 하나, 카메라는 망가졌겠지, 지난 이틀간 찍은 사진도 잊어야겠지. 손바닥과 무릎의 통증이 느껴졌다. 아니나 다를까 울퉁불퉁한 돌길에 찧인 무릎이 온통 까지고 피가 맺혀 있었다. 마치 리스본이라는 도시로부터 온몸으로 환영받지 못하는 기분이 들어 어린아이처럼 서럽고 원망스러웠다.

아침에 일어나 파자마 바지를 올리고 무릎을 살펴보니 빨간 핏자국 흉터에 어느새 푸르스름한 멍이 들어 있다. 새삼 어제 일어난 일이 현실임을 자각한다.

"엄마, 오늘 그거 안 타러 가?"

이부자리에서 뭉그적거리는 내게 윤서가 오히려 눈을 반짝이며 묻는다. 오늘은 원래 리스본의 상징이라 할 개나리색 노선전차 28번 트램을 타기로 약속한 날이다. 28번 트램은 150년 역사를 지닌 리스본 트램 중에 바이루 알투Bairro Alto와 알파마Alfama 지역을 두루 거치며 가장 긴 34개 정거장을 운행하기에 인기가 많다. 아침 일찍 가야 겨우 자리에 앉을 수 있다고 줄곧 일러두었던 것을 윤서가 기억한 것이다.

나는 낮은 한숨을 내쉰다. 28번 트램에 대해 귀가 아프도록 들었던 두 가지 말 때문이다. 첫째, 28번 트램은 리스본 최고의 매력이니 반드시 타봐야 한다. 둘째, 28번 트램은 소매치기의 온상이니 반드시 조심해야 한다. 가뜩이나 평소 잘 불안해하는 성격의 소유자로서, 어제 돌길에서 넘어져 위축된 상태에서 탑승객 중 누가 소매치기일지 알 수 없는 28번 트램을 타러 갈 일이 부담스럽다. 물론 소매치기의 타깃이 되지 않을 몇 가지 대응법을 사전에 숙지는 했다:

1. 가능한 한 이른 아침에 이용한다.

2. 사람들로 가득 찬 트램은 타지 않는다.

3. 서서 가지 말고 자리에 앉는다. 그러려면 종점에 가서 탄다.

4. 트램 안에서 누가 자리를 양보해준다고 해도 절대 앉으면 안 된다. 가족 소매치기단이 사면으로 막고 그 틈새로 돈을 빼 간다. 또한 3인조 소매치기범들 중 한 명은 반드시 관광객을 연기한다.

5. 서서 타고 간다면 언덕을 올라갈 때 특히 조심한다. 워낙 흔들리고 손잡이가 없어서 소매치기당하기 좋은 타이밍이다.

6. 카메라를 어깨에 메고 타지 않는다. 카메라 케이스의 줄이 잘린다.

7. 귀중품은 호주머니가 아닌 가방에 넣고 가방은 반드시 앞으로 멘다.

8. 차라리 노선이 겹치되 상대적으로 승객이 적은 12번 트램을 탄다.

기대와 설렘보다 '각오'가 필요한 양상이다. 어두운 표정으로 멍하니 누워 있자니 윤서가 왜 그러느냐 묻는다. 나는 있는 그대로의 불안한 마음을 딸에게 토로한다. 어제 다치고 나니까 오늘 어쩐지 더 자신감이 없는 기분이라고.

"어제는 어제고, 오늘은 오늘이잖아."

윤서는 내 감정에 결코 휘둘리지 않는다. 내 기분을 살피며 아부하지도 않는다. 그리고 아닌 건 아니라고 이렇게 담담하게 꼬집어준다. 아이들은 게다가 용감하기까지 하다.

프라제레스 묘지Cemitério dos Prazeres 앞 광장에 있는 28번 트램 종점에 서 있다. 11시가 다 되어가는데도 구름이 많이 낀 날이다. 예상외로 정거장에 선 줄은 길지 않다. 트램은 배차 시간표대로 시간을 지키지 않는다. 늦게 오기도 하고 더 일찍 출발하기도 한다는데 그 누구도 따지거나 화내지 않고 별 불만 없이 기다린다. 길어도 십일 분 간격으로 운행하니 급할 필요도 없겠다. 28번 트램이 도착해 차례대로 오른다. 우리는 내리는 문 바로 옆 두 자리를 차지하고 앉는다. 윤서는 마치 놀이 기구에 탄 것처럼 신나 있다. 자, 어쨌든 시작이다.

28번 트램은 무엇 하나 서두르는 법이 없다. 아주 위험한 경우가 아니면 행인이나 다른 차를 향해 경적을 울리지도 않는다. 빨래가 창가마다 널려 있는 아기자기한 서민 동네 알파마에서 골목길 사이사이로 노련하게 움직일 때마다 승객들은 일제히 탄성을 지른다. 알파마의 좁은 언덕길을 빠져나와 포르타 두 솔 광장Largo das Portas do Sol에 다다르면 시야가 확 트인다. 종점인 마르팅 모니스Martin Moniz까지 가려다가 생각을 바

꿔 여기서 내린다. 어느덧 구름 한 점 없이 날씨가 맑고 화창하다. 정말이지, 리스본은 햇살의 유무에 따라 체감되는 바가 너무 다르다. 몸이 바로 따스한 난로를 쬐는 기분이 들면서 긴장으로 얼어붙어 있던 마음도 천천히 녹아간다. 내린 자리에 그대로 잠시 서서 곰곰이 생각해보니 '소매치기를 만날 확률이 꽤 있다'라는 전제가 오히려 28번 트램을 타는 일에 재미와 의미를 부여하는 것 같다.

28번 트램을 탄 것은 리스본에서 가장 오래된 동네인 알파마 거리를 산책하려는 목적도 있었지만 포르타 두 솔 전망대 옆의 또 다른 작은 전망대인 산타 루지아 전망대Miradouro de Santa Luzia에 가득 핀 부겐빌레아가 보고 싶어서다.

난생처음 부겐빌레아를 본 것은 리스본 주재 한국 대사 관저 정원에서였다. 흰색 저택 처마에 흐드러지게 핀 진분홍색 부겐빌레아의 고혹적인 자태는 첫눈에 나를 사로잡았다. 나무에 열린 꽃은 풍성하고 화려해서 마음을 조금 벅차게 한다. 대사 부인이 직접 구운 당근케이크를 내왔는데, 처음 먹어보는 나는 채소가 케이크의 재료가 되었다는 사실에 속으로 내켜하지 않았지만 막상 한입 먹어보니 너무 맛있어서 정신이 아득해졌었다. 그런 나를 흐뭇하게 바라보던 대사 부인은 한국에 나만 한 손녀가 있다며, 리스본에는 교민들이 너무 적다고 쓸쓸해하셨다.

그 후로도 리스본 곳곳에서 부겐빌레아 꽃나무를 보게 되었고 그 화사한 꽃잎의 진홍색과 올리브나무의 암녹색은 자연스레 내 안에 리스본의 색깔로 각인되었다. 사람들이 산타루지아 전망대에서 내려다보이는 알파마 거리와 테주강을 감상하는 동안 나는 오랜만에 재회한, 쌀쌀한 계절에 까슬까슬하게 건조해진 부겐빌레아 꽃잎을 손가락 끝으로 조심조심 만져본다. 리스본에서 지냈던 시절 이래, 부겐빌레아를 넘치도록 다시 보게 된 건 불과 1년 전 윤서와 함께 갔던 태국 치앙마이에서였다. 체류 일정을 충동적으로 이틀 연장하면서 머물게 된, 낡은 호텔에서였다. 큰 기대 없이 찾은 인적 드문 야외 수영장의 한쪽 벽면에 넝쿨처럼 흐드러지게 피어 있던 부겐빌레아를 보고 심장이 터지는 줄 알았다. 얼마나 좋았으면 그 후에 쓴 단편소설 「치앙마이」에 비중 있는 조연으로 등장시키기까지 했다.

산타 루지아 전망대에서 부겐빌레아와 충분히 시간을 보내고 윤서와 알파마 골목길로 살살 내려간다. 알파마는 대지진을 버텨낸 거의 유일한 지역이자, 리스본에서 오래된 골목의 모습이 가장 잘 보존되어 있는 동네다. 골목골목, 부드러운 파스텔 톤의 아담한 건물이 촘촘히 붙어 있고 베란다와 창문마다 바깥 줄에 형형색색의 빨래가 널려 있다. 이럴 때, 그곳에 사는 주인이 창문을 열고 얼굴을 빼꼼 내밀어 나의 어설픈 포르투갈어로 몇 마디 대화를 나누어도 좋겠다.

윤서의 배꼽시계가 울려 점심 식사를 할 만한 타스카Tasca를 찾아본다. 타스카란 가족이 운영하는 작은 규모의 편안한 식당으로 투박한 요리를 내오는 곳이다. 가게 밖 입간판에는 '오늘의 추천 메뉴'가 쓰여 있고, 실내 장식은 소박하지만 음식만큼은 푸짐하고 맛있는 그런 곳. 여기저기를 살펴보다가 오스 미뉴토스Os Minhotos라는 타스카를 발견한다. '미뉴토스'는 포르투갈 북부 미뉴 지방 사람들이라는 뜻이다. 우리로 치면 '속초집' 같은 개념이다. 윤서와 나는 서로 눈을 마주치며 고개를 끄덕인다. 그래, 여기서 먹고 가자. 조금 기울어진 비탈길에 놓인 2인용 야외 테이블에 자리를 잡자, 순 백발의 무뚝뚝한 아저씨가 메뉴와 쿠베르Couvert를 가져온다. 쿠베르는 손님이 시킨 메뉴가 나오기 전에 먼저 가져다주는 빵과 버터, 올리브와 참치 스프레드 등을 일컬으며, 약 4유로의 돈을 따로 받는다. 원치 않으면 즉시 "농, 오브리가다. Não, obrigada."라며 돌려보내면 된다. 그러나 허기져 있던 우리는 그대로 두기로 한다. '빵'이라는 단어의 원산지답게 리스본의 빵은 대체로 담백하고 맛이 깊다.

주문한 요리들이 차례차례 나온다. 큼지막한 정어리 세 마리에 넉넉히 소금을 뿌려 화로에 지글지글 구운 정어리구이는 감자 다섯 덩이와 손으로 찢은 상추샐러드를 곁들였다. 비록 6월 제철에 바깥 화로에서 바로 구워 먹진 못했지만 추억의 그 맛이다. 또 다른 메뉴는 포르투갈 사람들이 일상적으로 먹는 바칼랴우Bacalhau다. 바칼랴우는 절여 말린 대구로 하루 이틀 물에 담가 짠 기를 빼고 부드럽게 만든 후에 요리한다. 수많은 조리법 중 가장 대중적인 메뉴는 말린 대구살을 가늘게 썰어서 으깨고, 삶은 감자와 계란, 올리브와 파슬리를 섞어 먹는 바칼랴우 아 브라스Bacalhau a Bras지만 내가 시킨 것은 병아리콩, 당근, 토마토, 상추 등의 야채에 훈제 대구 생선살

을 올린 샐러드다. 포르투갈 음식은 멋을 부리지 않는 단순함
과 양껏 먹게끔 하는 푸짐함이 특징인데 나는 이게 싫지 않다.
주로 소금과 후추, 올리브오일로 맛을 내고, 샐러드도 올리브
오일에 식초를 두르면 충분하다. 수프라면 1인분을 시켜도 큰
단지에 담겨 나와 여러 사람이 함께 나눈다. 대서양에서 건져
올리는 신선한 해산물과, 좋은 기후의 비옥한 땅에서 가꾼 농
작물이 그런 멋 부리지 않음을 가능하게 했을 것이다.

오스 미뉴토스의 주인아저씨는 좀처럼 웃지 않는 무뚝뚝
한 인상이지만, 음식이 우리 입맛에 맞나 신경이 쓰이는지 몇
번을 슬며시 다가와 알아듣건 말건 음식에 대해 몇 마디씩 보
태다 간다. 이곳 사람들은 무덤덤한 척하지만 실은 낯을 조금
가릴 뿐이다. 그 수줍어하는 면모 때문에 사교적이지 못하고
꽁하다는 오해도 곧잘 받는다. 같은 라틴의 뿌리를 지녔다 해
도 당장 옆 나라 스페인 사람들과 얼마나 기질이 다른지 모른
다. 가령 투우는 포르투갈과 스페인에만 있는데 두 나라의 규
칙이 다르다. 포르투갈에서는 투우사가 말에 타고 소와 싸우
기 때문에 '말을 탄 사람'이라는 뜻의 카발레이루cavaleiro라 불
리며 맨 마지막에 소를 죽이지 않고 살려준다. 반면 스페인의

투우사는 말을 타지 않은 채 소와 맞서고, 소를 죽이는 것으로 끝나기에 '죽이는 사람'이라는 뜻의 마타도르matador라 불린다. 두 나라의 민중가요는 또 어떤가. 포르투갈의 파두fado가 취약한 마음을 토로하는 체념의 정서를 띤다면 플라멩코flamenco는 사랑하는 상대를 향해 열정적으로 돌진하겠노라고 선언한다. 누가 낫다기보다 어디까지나 기질의 차이를 말하는 것이다.

리스본 남자는 (아마도) 지나가는 여자에게 치근대지 않는다. 먼저 지나가라고 양보하는 남자들은 많이 보았지만. 리스본 남자는 (아마도) 운전석에서 고개를 내밀고 신경질적으로 경적을 누르며 상대 차를 향해 욕설을 퍼붓지 않는다. 리스본 남자는 (아마도) 길을 걸어가면서 침을 퉤! 하고 아무 데나 뱉지 않는다. 리스본 토박이가 로마나 베이징이나 보고타 같은 도시로 이민 갈 일은 (아마도) 없을 것 같다. 마찬가지로 포르투갈 여자는 브라질 여자에 비하면(나는 브라질에 3년간 살아서 그녀들을 꽤 가까이에서 보았다) 훨씬 조용하고 온화하다. 브라질 여자의 어마어마한 활기로 말할 것 같으면…… 아무튼 그런 주관적인 비교를 혼자 속으로 하고 있는데 느닷없이 젊은 청년 둘이 쿵후 흉내를 내며 우리 테이블 옆을 지나간다. 순식간에 벌어진 일에 윤서는 눈이 휘둥그레지며 나를 쳐다본다.

"저게 뭐야?"
"중국말 흉내 내며 놀리는 거야."
"왜?!"
"우리가 동양 사람이라서. 다르게 생겼으니까."

큼지막한 감자를 반으로 잘라 입 안으로 가져가면서 나는 대수롭지 않게 말한다. 30여 년 전, 문득 리스본의 미술관에서 다른 아이들로부터 '중국 애'라고 손가락질받던 기억이 났다.
"말도 안 돼. 왜 저래?"
서울의 한 동네에서 평생을 산 딸아이가 난생처음 인종차별과 맞닥뜨리는 모습을 나는 가만히 지켜본다. 기죽고 속상해하기보다 시원하게 화를 내줘서 고마웠다. 어느새 윤서는 불쾌감을 까맣게 잊고 남은 음식을 꼼꼼히 다 먹어치우고 있다. 포르투갈 요리처럼 단순한, 이 아이의 이런 무던함이 좋다.

식사를 마치도록 주인아저씨가 안 보여서 안으로 들어가서 계산하기로 한다. 들어가보니 2평 남짓한 주방 앞에서 우리의 백발 아저씨가 갈색 머리를 뒤로 질끈 묶은 흰색 앞치마 차림의 요리사 아주머니(아마도 그의 아내일 것이다)한테 무슨 영문인지는 몰라도 무지하게 야단을 맞고 있다. 대충 분위기로 통역하자면 '당신은 어쩜 그렇게 일 처리 하나를 제대로 하는 적이 없어!'다. 남편이 일하는 방식이 아내의 관점에서 도무지 성에 차지 않는 것은 아무래도 만국 공통인 것 같다. 아내가 답답해서 속이 터지거나 말거나 남편은 헤헤헤 뒷머리를 긁적이며 그 상황을 모면하려고만 하고.

"아저씨, 기념으로 가게 앞에서 사진 한 장 찍어도 돼요?"

오늘은 내가 보살이 되어드리기로 한다.

호텔에서 잠시 쉬다가 상 조르즈 성Castelo de São Jorge에 가기 위해 다시 외출 준비를 하고 나선다. 상 조르즈 성 전망대에서 해 질 녘 노을을 보고 싶었기 때문이다. 아슬아슬하게 오느라 숨을 헐떡거리며 전망대에 오른 윤서와 나는 눈앞에 펼쳐

진 테주강과 시내의 아름다운 풍경에 넋을 잃는다. 놀랍게도 여기서 내려다보면 철근콘크리트의 현대식 고층 건물이 거의 보이질 않는다. 신시가지인 리베르다지 거리Avenida da Liberdade 의 특급 호텔들조차 상당히 고층임에도 상 조르즈 성 언덕에서 내려다보면 묘하게도 나무들에 가려져서 오랜 주황색 벽돌 지붕들만이 보인다. 몇 백 년 전의 모습이라 해도 믿겨질 것만 같다.

시각이 5시 반을 지나자 자연의 섭리대로 하루가 저물어간다. 해가 지기 시작하면 어쩐지 모든 풍경이 조금씩 슬퍼 보인다. 가느다란 붉은 선들이 수평선 바로 위에서부터 하나둘씩 하늘을 수놓는다. 그 위로 노란색과 흰색 층이 켜켜이 쌓여간다. 테주강 수면은 벨벳처럼 부들부들한 질감으로 변한다. 태양의 크기가 점점 작아지고, 진주색 구름들은 마치 거품기로 크림을 휘저은 후처럼 모양이 무너져간다. 테주강의 푸른빛과 하늘의 푸른빛을 구분하기 힘들 만큼 비슷해지는 순간이 잠시 찾아온다. 점점 작아지던 태양이 검붉은 색으로 돌변하며 사라지기 전 마지막으로 존재감을 드러낸다. 강과 하늘이 밤으로 옷을 갈아입는 동안, 테주강을 가로지르는 배와 하늘을 가로지르는 비행기는 아랑곳하지 않고 저마다의 속도로 차분히 움직이고 있다. 사라진 태양의 흔적은 온통 자줏빛이 되었다가 다시 맑은 분홍색으로 옅어져간다. 격정의 기운이 차분하게 진정을 찾는다. 노을 지며 변해가는 하늘의 모습을 이렇게 하나하나 메모장에 기록하는 일이 문득 부질없게 느껴진다. 그저 그 모든 것을 눈과 가슴에 담아두면 될 것을.

한 연인은 노을을 배경으로 입을 맞추고 또 다른 연인은 서로를 품에 끌어안는다. 어린아이들은 전망대 망원경으로 장난을 친다. 한 외국인 남자는 풍경을 바라보며 골똘히 사색에 잠긴다. 몇몇 젊은이들은 풍경은 충분히 봤으니 이쯤에서 술이라도 마시자며 전망대 뒤편에 있는 와인 키오스크를 왁자지껄 에워싼다. 그리운 얼굴을 떠올리는 아련한 표정의 옆모습들도 더러 보인다. 아마 나도 다른 사람들에게는 그중 하나였을 것이다. 일몰의 스펙터클은 강렬했지만 이윽고 모든 게 끝이 났다. 지나고 보면 정말 짧은 일순간이었다. 마치 우리 인생의 찬란했던 순간들처럼. 어둑어둑해지는 가운데 이따금 슬픈 표정들이 보였다.

하지만 어쩌면 그것은, 너무나 아름다운 것을 보았기 때문에 그럴 수 있었던 게 아닐까. 저 멀리서 성당 종소리가 울리자 기다렸다는 듯이 리스본 거리의 가로등이 하나둘 불빛을 밝힌다.

올리브나무와
이방인들

서울 우리 집 거실 소파 위에는 바람에 나부끼는 올리브나무 사진이 액자에 걸려 있다. 세상의 모든 피조물 중에서 가장 아름다운 몇 가지를 꼽으라면 내 목록에는 올리브나무가 있다. 연회색이 스민 올리브 나뭇잎만의 그윽한 녹색. 길쭉하면서도 부드러운 곡선을 띤 형태. 바람이 불면 나뭇잎들은 더불어 부유하듯 흔들리지만 나무 기둥만큼은 단단하고 오똑하니 서 있다. 끝도 없이 펼쳐지던 포르투갈 남부 알렌테주Alentejo 지방의 초가을 올리브나무밭을 아빠가 운전하던 차 뒷좌석 창문 밖으로 꿈결처럼 황홀하게 내다보던 기억이 아련하다.

아침 식사를 마치고 시원한 바람을 가르며 상 도밍고스 성당Igreja de São Domingos으로 걸어간다. 리스본 대지진과 1959년의 화재를 견디고 이제껏 살아남은 기적 같은 곳이자 지금은 아프리카계 이민자들의 보금자리 같은 장소다. 하지만 '오늘의 할 일'은 그 앞 광장에 심어진 오래된 올리브나무 한 그루를 보러 가는 것이다.

100년은 너끈히 넘었을 그 거대한 올리브나무 앞에 서서 나는 잠시 할 말을 잃는다. 반갑고 행복한데 또 뭐라고 이 기분을 설명해야 할까. 이 올리브나무는 누가 대체 어떤 이유로 여기에 심어놓은 것일까. 이유나 역사야 어떻든 나무는 초연한 자태로 상 도밍고스 성당을 오가거나 광장에 모여든 사람들을 가만히 바라본다. 화려한 아프리카 민족의상을 입은 흑인 여성들은 올리브나무 아래서 식재료나 향신료의 좌판을 열고, 여름날의 흑인 소년들은 그늘 아래서 뛰어놀 것이다. 그 올리브나무 가까이에는 다른 나무들이 전혀 없다. 건물 하나만 넘어가도 다른 나무들은 빽빽하게 서로를 벗하며 지내는데, 이 올리브나무는 다른 나무들과 떨어져서 홀로 외로이 서 있다. 그러고는 자기를 필요로 하는 인간들에게 기꺼이 자신을 내어준다.

리스본의 또 다른 올리브나무를 보러 가는 길에 카자 두 알렌테주Casa do Alentejo에 잠시 들렀다 가기로 한다. 상 도밍고스 성당에서 조금만 더 걸어가면 바로다. 알렌테주? 끝없이 이어지는 올리브나무밭이 있다고 말한 그 남부 지방, 알렌테주 말이다. '테주강 저 너머'라는 뜻인 알렌테주 지역은 국토 삼분의 일을 차지하는 광활한 땅으로, 8세기부터 13세기까지 무어인(이베리아반도를 점령한 아랍계 이슬람교도)의 지배를 받았다. 카자 두 알렌테주는 '알렌테주의 집'이라는 뜻으로, 지금은 리스본에 거주하는 알렌테주 출신들이 모이는 회관으로 운영된다. 알렌테주의 향토 요리를 선보이는 식당은 외부인에게도 개방되어 있다.

카자 두 알렌테주는 일반적인 리스본 여행서에서는 매우 소극적으로 다뤄지고 있지만 나는 사진에서 본 이국적인 분위기(무어인이 남긴 이슬람문화의 영향일 것이다)에 매료되었다. 아무래도 나는 '복잡하게 섞인 것'을 좋아하는 모양이다. 이슬람문화를 포함한 아프리카와 아시아, 그리고 유럽이 뒤섞인 독특한 혼돈이 리스본만의 매력이라고 생각했다. 리스본에 살았을 무렵, 알렌테주의 최남단 알가르브Algarve 해안을 경유하여

배를 타고 모로코 카사블랑카까지 가서도 이질감보다는 낯익은 편안함을 느꼈던 것도 그 때문이리라.

카자 두 알렌테주는 겉에서 보면 그저 평범한 흰색 저층 건물일 뿐이다. 하물며 1층에는 사설 환전소가 입점해 있다. 하지만 밋밋한 오래된 문을 열고 들어가면 그 안에는 전혀 다른 세계가 숨겨져 있다. 어두컴컴하고 좁은 계단을 올라가면 차츰 빛이 시야에 들어오고 어느새 눈부시게 환한 아랍풍의 파티오가 마법처럼 등장한다. 파티오 중앙에는 작은 분수대가, 복도 입구에는 시원해 보이는 겐차야자가, 그리고 곳곳에 정밀하게 조각한 나무 벤치들이 보인다. 벽에는 물론 아랍 양식의 타일들이 촘촘히 박혀 있다.

방금 전까지의 건물 밖 소음은 거짓말처럼 더 이상 들리지도 않는다. 차가운 정숙 속에 휩싸여 이곳의 시간이 멈추어버린 것만 같다. 이번에는 안쪽 건물 중앙의 넓은 계단으로 위층에 올라가본다. 천장의 스테인드글라스는 장미색, 금색, 파란색 등 서로 어울리지 않을 것 같은 조합의 색을 썼는데도 한데 어우러지며 절묘한 감각을 자아낸다. 이탈리아의 소설가이자 페르난두 페소아 연구자인 안토니오 타부키Antonio Tabucchi는

소설 『레퀴엠』에서 카자 데 알렌테주를 "부조리한 아름다움이 깃든 곳"이라고 표현하기도 했다.

위층의 가장 큰 방은 과거에 댄스홀이었다. 육중한 유리문을 열고 들어서면 프레스코 벽화와 18세기 양식 그림들이 가득하다. 드넓은 모자이크 나무 마루가 지금은 먼지로 뒤덮여 있다. 벨벳 소재 커튼, 초대형 샹들리에, 큰 거울, 초상화, 한쪽으로 밀어놓은 탁자와 의자 들도 보인다. 창문을 통해 사선으로 쏟아지는 햇빛이 이 거대한 공간을 비추면 마치 다른 시공간으로 빨려 들어간 것처럼 아득하기만 하다. 리스본에는 이렇게 세월의 더께를 그대로 짊어진, 한때 사랑을 듬뿍 받았으나 이제는 여러 가지 이유로 조심스럽게 방치된 장소들이 곳곳에 눈에 띈다. 방치되었다고 결코 소멸한 것은 아니다. 당장 내 눈앞에도 과거의 환영이 보인다. 그 시절 이곳에는 수많은 여자와 남자가 모이고, 춤과 음악, 술과 담배, 흥분과 웃음, 그리고 입맞춤과 포옹이 오갔을 것이다. 홀에서 춤을 추는 이들의 스텝에 따라 시선이 함께 움직이는, 테이블에 앉은 사람들. 그렇게 그들은 포도주잔을 부딪치며 점점 취해간다. 취기에 뺨이 발그레해진 남자는 멍하니 허공을 쳐다보는가 하면, 눈

빛이 촉촉해진 여자는 마음이 가는 남자가 춤을 신청해주기를 기다린다. 한때 이곳에는 사람들이 있었다. 다양한 감정을 느끼던 생생히 살아 있던 사람들이.

　가장 큰 방의 옆 방은 알렌테주 향토 요리 식당으로 쓰이고 있다. 그리 넓은 방은 아니지만 천장과 벽의 포르투갈 대항해시대와 중세시대를 모티프로 한 아줄레주 타일들은 시선을 단숨에 빼앗길 만큼 아름답다. 절반 정도 차 있는 테이블은 주로 단체로 온 관광객들 차지다. 시끄럽지는 않지만 여행자 특유의 흥분이 공기 사이로 전달된다. 그에 대조되는 웨이터들의 태도가 흥미롭다. 반듯한 차림새로 주문을 받고 음식을 척척 나르고 그릇을 걷어 가는 웨이터들은 역사 속에 그대로 박제된 이들이 잠시 살아 돌아온 듯하다. 팁에 의존하지 않겠다는 자존심과 이 장소에 대한 자부심이 있어 손님들을 향해 미소를 남발하지도, 말을 많이 건네지도 않는다. 그렇다고 까다롭거나 도도하게 구는 것도 아니다. 그저 자신한테 주어진 일을 묵묵히 해나갈 뿐이다. 나는 이렇게 일하는 사람들에게 어쩐지 늘 속수무책으로 호감을 느껴버린다.

복도 반대편에 꼭 닫힌 문의 손잡이를 조심스레 열어보니 『레퀴엠』에도 등장하는 독서실이다. 낮은 책장이 사면의 벽을 따라 짜여 있고 그 안에 각종 문헌과 고서 들이 빼곡히 차 있다. 한동안 쓸모가 없었을 허전한 나무 탁자와 의자 들을 보노라니, 알렌테주의 유한계급 노신사들이 청결한 옷을 갖춰 입고, 바로 내 코앞 테이블에 마주 앉아 체스라도 두고 있는 것만 같다. 돋보기를 끼고 저쪽 낡은 검정색 소파에 앉아, 고향 알렌테주에서 발간한 정기간행 회보를 꼼꼼히 훑어보는 학구파 어르신이 보인다. 건너편 구석에는 환한 대낮부터 적포도주를 천천히 음미하는 노신사도 있다. 술을 너무도 맛있게 넘기는 그 노인의 환영에는 지난 늦여름에 세상을 떠난 아빠가 겹쳐서 보인다. 이미 벌겋게 취해 있는데도 한 잔 더 해야 한다며, 술잔을 꺾는 손 동작을 반복하는 아빠의 어린아이처럼 들뜬 모습이.

포르투갈어권의 유일한 노벨 문학상 수상 작가인 주제 사라마구José Saramago를 기리기 위해 만들어진 주제 사라마구 재단이 위치한 건물은 16세기에 지어졌고, 카자 도스 비코스Casa dos Bicos라는 별칭으로 불린다. '새 주둥이의 집'이라는 뜻으로, 앞면이 온통 뾰족뾰족한 돌로 덮여 있기 때문이다. 내가 찾던 리스본의 두 번째 올리브나무는 그 앞에 심어져 있고 전면에는 새파란 테주강이 시원하게 내려다보인다. 햇살을 싱그럽게 쬐는 올리브나무 아래엔 사라마구의 뼛가루가 묻혀 있다.

고인이 생전에 나무 아래서 영면하기를 바라, 심은 지 100년도 더 된 그 커다란 올리브나무를 사라마구의 고향인 아지냐가 Azinhaga에서 옮겨 왔다. 고인의 뼛가루와, 그를 기리는 글을 모은 책『사라마구의 말 Words to Saramago』을 함께 묻고 마지막으로 고인이 살았던 란자로트Lanzarote섬의 흙으로 그 위를 덮었다. 묘비명으로는『수도원의 비망록』의 마지막 문장이 쓰였다.

"이 땅의 일부였기에 하늘로 올라가지는 않았다."

Mas não subiu para as estrelas, se à terra pertencia.

사라마구를 알게 된 것은『눈먼 자들의 도시』를 통해서였다. 현대인들의 이기심과 탐욕을 비판하는 그의 소설 주제들은 그가 좌파이자 포르투갈 군부 독재 시절에 현실 참여 작가

로서 선두에 나서 싸워온 이력과 무관하지 않을 것이다. 시민으로서의 자아를 중시하며, 작가로서 사회적 특권을 누리는 일을 거부한 그는, 한편으로 자신의 소설이 정치적 프로파간다로 이용되는 것을 엄격히 경계했다. 사회운동가 겸 작가로서 그의 활약상을 담은 사진들과 빨간 펜으로 수정한 흔적이 있는 육필 원고는 흥미롭지만, 정작 마음을 움직이는 것은 머리에 스치는 아이디어나 일과를 생각나는 대로 메모해둔 작은 수첩들이다. 한 층 더 올라가면 사라마구의 전 작품을 파는 서점과 작은 기념품 가게가 있다. 작가가 세상에 남기는 것은 결국 책이라는 사실, 책이라는 것은 결국 그 안의 글과 말이라는 사실을 새삼 확인한다.

"죽음에 맞설 수 있는 유일한 방법은 사랑이다."
Our only defense against death is love.

사라마구가 남긴 여러 문장 중, 유달리 새빨간 에코백에 영어로 적혀 있던 그 문장. 나는 감히 저 문장을 이해한다고 생각한다. 죽음을 두려워하지 않을 유일한 방법은 내가 사랑을 하고 있다는 실감뿐이다. 사랑하는 마음이 없다면, 사랑을 믿지 못한다면, 혹은 사랑보다 더 중요한 것이 세상에 존재한다고 생각한다면, 우리는 죽음 앞에 백전백패다. 사랑은 우리를 가장 강하게 만들어주고 우리의 인생을 의미 있게 해주는 유일한 가치이다.

리스본행을 결정하고 나서 가장 먼저 떠오른 것은 리스본에 살던 당시 아빠와 가깝게 지내던 소진화 아저씨였다. 아빠가 2년간 리스본 대학에 적을 두던 시절, 교민은 대사관 직원 가족을 포함해도 50명이 채 되지 않았다. 그런 척박한 환경에서 넓게 보면 또래고, 음주가무 취향이 잘 맞는 소진화 아저씨 내외와 절친해진 것은 자연스러운 전개였으리라. 첫 1년을 혼자 유학생 신분으로 지내는 동안, 아빠는 이 집에 얹혀살았다 해도 과언이 아닐 만큼, 밥도 얻어먹고 같이 놀러 다녔다고 한다. 이듬해, 나와 엄마가 리스본에 가서도 아저씨네 가족과 가깝게 지낸 것은 당연했다.

소진화 아저씨의 행방이 궁금했다. 아직도 리스본에 사시겠지? 아니면 귀국하셨을까? 대사관 직원을 통해 한인회장의 연락처를 받고, 다시 그분의 도움을 받으면 아저씨의 행방을 찾을 수 있겠지. 그사이 교민 수가 어마어마하게 늘었겠지만 소씨는 드문 성이니까 어찌어찌 찾을 수 있을 거야. 만약 쉽게 못 찾는다면 사정을 설명하고 포르투갈 대사님에게 도움을 요청해볼까. 별생각을 다 하며 오후 반나절을 보낸 후, 늦은 저녁에야 나는 마음을 차분히 가라앉히고 리스본 주재 한국 대사관 홈페이지에 접속할 수 있었다. 몇 번의 클릭 후, 동공이 커지고 심장이 두근거렸다. 한인회장의 연락처를 검색하러 들어간 페이지를 보니, 한인회 운영진 중 한 분이 바로 소진화 아저씨였던 것이다. 하물며 아저씨의 이메일 주소가 이름 옆에 기재되어 있었다. 그리운 마음이 한가득 차올라 목이 메었다. 이 여운을 조금 더 느끼고 싶어서 일부러 바로 이메일을 보내지 않았다. 급할 이유는 하나도 없었다. 그날 밤 잠자리에 들기 전, 나는 빨래를 널면서 생글생글 웃었다.

'그래, 내일 아침에 리스본에 계신 소진화 아저씨께 이메일을 보내보자. 얼마나 깜짝 놀라실까.' 상상하면서 어쩐지 혼자 마구 신이 났다. 소탈한 아저씨는 분명 옛날옛적 그 꼬맹이의 기별을 무척 반가워해주실 거야, 하고. 나는 정말이지 너무나 어리석었다. 리스본에 가면 아저씨를 찾아뵐게요,라고 반갑게 소식을 보내는 일은, '실은 아빠가 돌아가셨어요'라는 말을 필연적으로 전해야 하는 일이기도 했다. 바보처럼 뒤늦게야 그 사실을 깨닫고 나는 빨래를 널다 말고 바닥에 주저앉아 두 손으로 얼굴을 감쌌다.

다음 날 늦은 오후 받아본 답장에서 아저씨는 나를 '경선 양'이라고 불렀다.

"너무도 오랜만이네요. 소식을 접하니 그 옛날 경선 양 아빠랑 즐겁게 지냈던 생각이 많이 납니다."

경선 양. 분명 어색한 호칭인데 한편으로는 내가 귀하고, 사랑받아 마땅한 존재가 된 것만 같다.

소진화 아저씨를 36년 만에 만나러 가는 길이다. 아저씨가 할아버지가 된 것보다 열 살 소녀가 중년 여성이 된 것이 객관적으로 더 놀라운 변화일 것이다. 아저씨를 뵙고 싶기도 했지만 아빠에 대해 여쭈고 싶은 것도 있었다. 우리는 생각보다 자신의 부모님에 대해 알고 있는 것들이 별로 없다.

아빠가 세상을 떠났을 때, 그에 관해 내가 알고 있는 모든 시시콜콜한 사실을 일대기 형식으로 정리해서 묘 앞에서 읽었다. 내용 중에는 다른 형제들이 몰랐던 것들도 있었다. 자식도 저마다 겪은 부모가 다른 것이다. 하지만 당시 나의 주관적인 인물평은 굳이 보태지 않았다. 이를테면 이런 것들:

아주 잘생겼다. 잘생긴 아빠를 두었다는 것은 기분이 묘한 일이다. 어떨 때는 부모라기보다 타인처럼 느껴졌다. 재혼한 새어머니가 개신교 전도사라 권사라는 직함을 얻어 매주 일요일 교회에 나갔지만 나는 그가 뼛속까지 무교임을 안다. 부드럽고 점잖은 성격이지만 뒤집어보면 스스로 그 어떤 결정도 내리지 않고 책임도 지지 않으려는 듯이 유약하고 우유부단하다. 하고 싶은 건 슬그머니 해버리고, 하기 싫은 건 어슬렁 빠져나가 버린다. 행동 원리가 단순하다고 표현할 수도 있겠다. 굳이 뭔가를 새로 배우려는 의지가 약하다. 출세에 대한 야심도, 지적인 향상심도 부족하다. 끈기나 극기와는 거리가 멀다. 그럼에도 타고난 안목과 아름다움을 향유하는 낭만성을 지녔다. 부모로서 그는 가족 앞에서 권위를 내세우지 않았지만, 아버지로서 살갑게 품어주거나 어른으로서 조언과 응원을 해주는 일도 없었다. 플러스 마이너스 제로. 다시 말해 자식들의 인격 형성에 별 개입도 하지 않고, 별 도움도 되지 않았다. 그 시절 아버지들이 대개 그랬다고 하면 할 말은 없지만.

그렇다 해도 따뜻한 기억들도 더러 있다. 브라질 상파울루에서 보낸 중학생 시절— 엄마는 가지 말라고 말리던 친구네 댄스파티에, 나와 내 친구를 몸소 데려다주고 데리러 와준 것. 네 번째 갑상선암 수술 후, 호르몬 약을 오래 끊어 힘든 상태에서, 장기 해외 출장으로 나가 있던 남편을 대신해 아빠만이 유일하게 나를 돌봐주신 것. 비록 반나절에 불과했더라도 말이다. 또한 남편과 만난 지 3주 만에 청혼을 받아 결혼할 거라고 폭탄선언을 했을 당시, 다른 모든 가족 구성원들이 내가 사랑하는 사람을 말도 안 되는 이유로 반대하는 가운데, 오직 아빠만이 남편에게 호의를 가지고 마음을 열어준 것. 마지막으로 진심으로 감사했던 것은, 단 한 번도 자식들 앞에서 엄마와 다투는 모습을 보인 적이 없는 것. 그게 얼마나 대단한 일인지는 내가 나중에 결혼 생활을 직접 꾸려가면서 새삼 깨달았다.

아빠도 자기 자신에 대해서 한참 후에 알게 된 일이 있다.

친할아버지가 93세의 나이로 돌아가셨을 때, 그는 외무공무원으로 갓 정년퇴직을 한 60대 초로의 남자였다. 고인의 유품을 정리하면서 그는 자신이 임씨 부부에게 갓난아기 때 입양된 사실을 알게 된다. 어떤 감정과 생각들이 속을 훑고 지나갔는지는 알 수 없다. 하지만 그는 자신의 의지와 노력으로 지방에 사는 생모의 행방을 찾아내고 혼자 그녀를 만나러 간다. 처음에는 큰 충격에 빠진 생모의 자식들이 그의 방문을 거부했다. 험악한 세상이니 그럴 법한 노릇이다. 하지만 처음에는 경계하던 그 '형제'들도 시간이 흐름에 따라 매달 적어도 한 번씩은 안부 인사차 내려오는 그의 정성에 마음을 열게 되었다. 어느 날 그는 담담하게 고해성사 하듯, 막내딸에게 일련의 이야기들을 차 안에서 들려주었다.

"그래서…… 생부는 어떤 분이시래요?"

아빠는 잠시 입을 꾹 다물더니 조용히 고개만 양옆으로 저었다.

"……얘길 안 해줘. 성이 문씨라는 말밖에는."

아빠로서는 너무도 궁금한 문제이고, 이제 와서 말 못 할 까
닭이 있겠나 싶겠지만 다른 이유보다도 아빠를 보호해주려고
말을 아낀 것이 아닐까, 엄마의 입장으로 나는 가늠해본다. 자
식은 진실을 알길 원해도, 엄마는 그 진실로 인해 자식이 상처
입는 것을 보고 싶지가 않다. 세상에는 차라리 모르고 지나가
는 편이 나은 일들이라는 게 있으니까. 다만 기질적으로 형제
들과 꽤 다른 나의 유전자는 그쪽 혈통이 아닐까 속으로 막연
히 생각하게 된다.

소진화 아저씨가 호텔로 데리러 와주신다고 해서 로비 의
자에 앉아 기다린다. 호텔 정문 앞에 선 검정색 자동차를 보고
밖으로 나가자 운전석에서 내린 아저씨가 바로 나를 알아보
시고 환한 미소를 지으며 와락 안아주신다. 아무런 설명도 필
요가 없다.

이십여 분간의 드라이브 후, 아저씨네 아파트에 도착해서
계단으로 걸어 올라가는데 아주머니가 이미 문을 열고 기다

리고 계신다.

"여보, 임 선생님네 경선이가 왔어!"

아저씨는 큰 소리로 아주머니를 향해 외친다. 그들의 눈엔 나는 언제까지나 열 살의 경선이,로 보일 것이었다. 따뜻하게 맞이해주시는 아주머니도 여전히 화통하고 귀여우셨다. 부엌 테이블엔 오랜만에 구경하는 한국 음식이 한 상 가득 차려져 있다. 리스본에서 한식을 만들어 먹는 일이 크게 번거로운 줄 알기에 아주머니께 고맙고 죄송하면서도, 마치 엄마가 차려준 밥을 먹는 것처럼 벅차고 기쁘다.

우리는 바로 어제 만났던 사람들처럼 식사 중에 대화가 끊이지 않는다. 옛날 이야기를 하나하나 추억 상자에서 꺼내 경쟁하듯 말해주면서도 두 분은 서로를 중간중간 귀엽게 놀리고 구박한다. 두 분의 서로를 향한 변함없는 다정한 시선과 통통 튀는 말솜씨를 보노라니 아저씨는 새치 머리 가발을 쓰고, 아주머니는 특수 분장으로 눈가 주름을 그려 넣은 후, 장난치시느라 나이 든 배역을 연기하고 있는 것만 같다. 두 분도 마찬가지로 내 눈에는 영원히 활기찬 30대 부부인 것이다. 얼마 전 허리 수술을 받아서 오래 앉아 있기가 힘들다며 영차 소리

와 함께 허리를 받치는 아주머니를 보며 '새빨간 거짓말이야'
라고 나는 생각한다.

갓 마흔 살의 젊었던 아빠는 과연 '한량'이었다.

"다 같이 댄스 클럽에 놀러 가서 임 선생이 무대에 등장하
면 다들 자리를 피했어. 혼자 무대를 휘어잡아 다른 사람들 기
죽어서 그 옆에서 절대 춤 못 춰. 노래는 또 오죽 잘해. 그때 진
짜 매일 밤 놀러 다녔어."

아주머니의 큼지막한 눈망울이 그 시절을 되새기며 초롱초
롱해진다.

"그럼 아빠 입장에서는 엄마랑 제가 리스본으로 온 게 좀
귀찮지 않았을까요? 마음껏 놀지도 못하시잖아요. 혹시……
엄마가 불안해져서 감시하러 여기까지 쫓아왔던 건 아닌가
요?"

짓궂은 표정으로 확신에 차서 물어봤지만 내 예상은 보기
좋게 빗나갔다.

"아냐, 아냐. 놀기는 놀아도, 아빠가 너무 외롭다며 먼저 엄
마에게 와달라고 부탁했단다. 말도 마라, 남자 혼자 살아서 또
얼마나 초라하고 불쌍해 보였는지……."

한량 임 선생에게도 숨겨진 면모가 있는 법.

하기야, 엄마 아빠가 리스본 공항에서 재회했을 때의 정경은 여전히 기억에 생생하다. 바로 코앞에서 남녀가 끌어안고 깊이 입맞춤을 나누는 걸 태어나서 처음 봤으니까. 키스는 노랑머리 외국인이나 하는 줄 알았지, 하물며 다른 누구도 아닌 내 부모의 그런 장면을 보는 일은 충분히 충격적이었다. '과거'의 아빠에 대한 이야기를 하며 깔깔대다가도 '얼마 전'까지의 아빠에 대한 이야기는 피할 수가 없었고, 그러다 보면 웃다가 또 갑작스레 눈물이 나오는 건 어쩔 도리가 없었지만, 그래도 이미 함께 넘치는 웃음을 나누었기에 마음속 멍울의 크기가 줄어간다. 아주머니와 아저씨를 가만히 지켜보는 것만으로도 나는 위로를 받고 있었다.

하나 의아했던 것은 내게 다른 형제들이 있는 줄 두 분이 모르고 있었다는 사실이다.

"에이, 그렇게 친하게 지내셨으면서 어떻게 그걸 모르실 수가 있어요?"

아무리 나만 여기에 데리고 왔다고 해도 말이다.

"아냐, 정말 몰랐어. 한 번도 거론을 안 하셨거든. 당연히 아이는 경선이 하나인 줄로만 알았지."

그 이야기를 듣는데 문득 리스본 대학이 긴 여름방학을 시작했을 때 세 식구가 한 달 가까이 자동차로 유럽 여행을 다녔던 일이 불가사의하게 느껴진다. 서울에 두고 온 두 아이들이 생각나지 않았을까? 그들에게 미안하지 않았을까? 여행 경비로 서울에 다녀오거나 위의 두 아이들을 리스본으로 부를 생각은 못 했던 것일까? 당시엔 항공료가 지금보다 훨씬 더 비쌌을 테니 쉽진 않았겠지만 그래도 셋이서만 유유자적 여행을 다니기로 한 결정은 평범한 한국 부모의 사고방식이 아니었다. 아니 어쩌면, 그들은 1년 간 잠시, 평범한 한국 부모 노릇을 과감히 보이콧한 것이 아니었을까. 마치 내일이 없는 사람들처럼.

갓 마흔 살 전후의 젊었던 엄마와 아빠는 리스본에서 어떤 마음이었을지 상상해본다. 어쩌면 그들은 한국으로 돌아가고 싶지 않았을는지도 모른다. 아이들의 교육 문제나 노부모의 부양 문제에서 벗어나, 조금만 더 자유와 젊음의 유예기간을 누리고 싶었는지도 모른다. 물론 그들은 그런 생각을 겉으로 표현하지는 않았을 것이다. 하지만 지금의 나보다도 어렸을 그 시절 엄마 아빠의 그러한 용서받지 못할 마음을, 인간적인 연민으로 나는 감히 이해한다고, 그래도 괜찮다고 토닥여주고 싶다.

우리가
빛났던
계절

인간이 같은 상황을 두고도 자신이 기억하고 싶은 대로 기억하는 것은 비단 줄리언 반스의 소설 『예감은 틀리지 않는다』에서만이 아니라 우리 일상에서도 얼마든지 일어나는 일이다. 리스본에 도착한 다음 날 일기에도 썼지만, 가장 최근의 착각은 리스본에 해변이 있다고 기억했던 것이다. 그것이 바다가 아니라 '바다처럼 보이는 강'임을 알았을 때는 무척 당황했다. 과거를 기억하는 인간의 뇌란 이토록 불확실하다.

"여름날엔 엄마 손을 잡고 매일 리스본 해변에 가 시간을 보냈다. 비치 타월 외엔 딱히 준비할 게 없었다. 나의 열 살짜리 몸은 하루가 다르게 쑥쑥 자라났다. (⋯) 모래는 입자가 미세하

게 고와 비단처럼 매끄러웠고, 태양은 부담스럽지 않게 몸을 휘

감듯 적절히 따뜻했다. 바닷물은 늘 어딘가 미지근하게 데워진

상태였다. 왜 그렇게 모든 것이 몸에 편안하게 딱 알맞았을까?

(…) 점점 거칠어지는 파도 소리에 온 신경을 집중했다. 내일도

다시 이곳에 올 수 있게 해주세요, 나는 기도했다."

— 『나라는 여자』(마음산책 2013) 18~19면

　학교 정규 수업이 오후 일찍 파하면 엄마 아빠는 나를 낚아

채듯 데리고 바다로 갔다. 아빠의 중고 푸조 자동차 뒷좌석에

서 창문을 반쯤 열고 이마만 빼꼼히 내민 채 해안 도로를 달렸

다. 따스한 바닷바람이 이마를 간지럽히다 보면 노곤해진 나

는 어느새 꾸뻑꾸뻑 달게 잠이 들 것만 같았는데, 달리던 자동

차는 항상 그즈음에 아쉽게도 멈추었다. 엄마가 커다란 비치

타월로 나를 가려주면 멍한 상태로 그 안에서 시키는 대로 주

섬주섬 수영복으로 갈아입었고, 선잠에서 깬 짜증과 여전히

남아 있던 졸음은 차가운 바닷물에 들어가는 순간 다 없어지

고 말았다. 내가 열 살 때 여름 한철을 보냈던 기억 속의 '리스

본 해변'은 대체 어디일까. 어쩔 수 없이 나 혼자, 기억 속 퍼즐

조각을 꺼내 맞춰보는 수밖에는 없다.

❖ 리스본에서 자동차로 한 시간 이내 거리였다.

  (내 감각으로는 그리 멀지 않게 느껴졌다)

❖ 모래가 가루처럼 부드러웠다. 발바닥이 하나도 아프지
  않았다.

❖ 큰 암반들이 띄엄띄엄 있었다.

❖ 파도가 거칠었다.

❖ 한여름에도 바닷물이 차가웠다.

❖ 해변은 평지가 아니었다. 겁이 많은 나는 엄마 손을 꼭 잡
  고 모래밭 언덕을 엉기적엉기적 내려갔다.

❖ 아담한 규모의 아늑한 분위기였다.

리스본 인근의 해변을 검색해보니 카스카이스Cascais와 에
스토릴Estoril이라는 지명이 나왔고 그중, 에스토릴이라는 단어
에 동공이 커지는 걸 느꼈다. 그래, 난 이곳을 알아. 다행히 에
스토릴에서 알려진 바닷가는 단 한 곳, 타마리스 해변Praia do
Tamariz이었으니 아마도 내가 바다 수영의 즐거움을 깨우친 곳
은 그곳이겠다. 그런데 문제가 하나 있었다. 막상 타마리스 해
변에 대한 설명을 찾아보니 내 기억 속의 바닷가와 조금 다른
것처럼 보였다. 밀가루처럼 보드라운 모래는 기억 그대로였지

만, 파도가 거의 없이 잔잔해서 가족들이 안전하게 놀기에 좋다는 소개가 이어진 것이다. 맥이 빠졌다. 쳇, 그건 전혀 칭찬이 아니다. 파도가 없거나 잔잔하면 그게 무슨 바다야, 호수지. 으르렁 소리도 요란하고 맥주 거품 같은 파도에 떼굴떼굴 밀려다녀야 비로소 바다가 아니던가. 나는 어쩌면 파도가 낮보다 거칠어지는 해 질 녘의 바다를 기억하는 것일까. 아니면 혹시 내가 갔던 곳은 카스카이스였을까. 문제는 카스카이스에는 너무나 많은 해변들이 있다는 것이다.

✤ 라이냐 해변 Praia da Rainha

✤ 콘세이사웅 해변 Praia da Conceição

✤ 긴초 해변 Praia do Guincho

✤ 메코 해변 Praia do Meco

✤ 리베이라 해변 Praia da Ribeira

✤ 두케사 해변 Praia da Duquesa

✤ 크레스미나 해변 Praia da Cresmina

✤ 모이타스 해변 Praia de Moitas

✤ 아바노 해변 Praia do Abano

✤ 상 페드로 해변 Praia de São Pedro

❖ 아자루지냐 해변 Praia da Azarujinha

❖ 트로이아 해변 Praia de Tróia

❖ 아리바 해변 Praia da Arriba

하아. 한숨부터 나왔다. 하는 수 없이 소거법에 기대어 유추해보는 수밖에. 우선 모래사장이 별로 없는 데다 바다가 잔잔하고 심지어 조금 더럽다는 리베이라 해변 제외. 파도는 거칠지만 바람이 아주 세게 불고, 좁고, 아무런 주변 시설이 없는 크레스미나 해변 제외. 돌멩이나 바위가 하나도 없고 직선으로 쭉 뻗은 콘세이사웅 해변 제외. 인근에 하수관이 있어 바

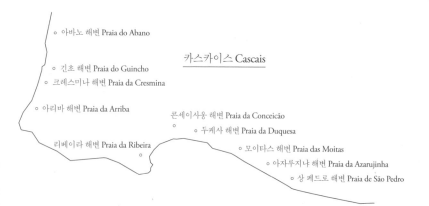

○ 아바노 해변 Praia do Abano

카스카이스 Cascais

○ 긴초 해변 Praia do Guincho
○ 크레스미나 해변 Praia da Cresmina

○ 아리바 해변 Praia da Arriba

콘세이사웅 해변 Praia da Conceicão
○
○ 두케사 해변 Praia da Duquesa

리베이라 해변 Praia da Ribeira
○

○ 모이타스 해변 Praia das Moitas
○ 아자루지냐 해변 Praia da Azarujinha
○ 상 페드로 해변 Praia de São Pedro

닷물의 청결함이 의심되고 동네 건달들이 출몰한다는 두케사 해변 제외. 파도가 거의 없다시피 하다는 모이타스 해변 제외. 카스카이스 중심에서 한참 버스를 타고 나가야 하거나 대중교통편이 없거나, 아예 인적이 드물다는 아바노 해변, 아리바 해변, 상 페드로 해변, 아자루지냐 해변도 제외.

해변 감별사 노릇을 잠시 하고 나니 이제 몇 군데로 추려졌다. 에스토릴은 어차피 타마리스 해변뿐이니 거길 가보는 수밖에 없다. 카스카이스에서는 딱히 어느 조건에도 걸리지 않는, 라이냐 해변과 거친 파도로 유명한 긴초 해변이 남았다. 라이냐 해변은 카스카이스역 바로 인근이지만 긴초 해변은 카스카이스의 저 위, 맨 끝자락이어서 자전거를 빌려 탄다면 최소 삼십 분은 걸린다. 에잇, 세 군데 다 둘러보고 말지,라며 마음먹고 한동안 잊고 있었다. 어제 저녁 소진화 아저씨가 식사 후 다시 호텔까지 바래다주시면서 내일은 어떤 계획이 있냐고 물어주시기까지는. 참 바보다. 분명히 두 집이 함께 바다에도 자주 놀러 갔을 터인데 왜 나는 아저씨께 여쭐 생각도 못하고 혼자 끙끙댄 것일까?

"그 시절 우리가 해변에 놀러 갔다면 큰 카지노 앞에 있는 에스토릴 해변일 테고, 만약 바비큐도 했다면 카스카이스의 긴초 해변일 거야. 요샌 바비큐를 못 하게 하지만 그때는 바비큐를 많이 했던 때라 아마 두 곳 다 갔을 것 같아."

아저씨의 대답을 듣고는 속이 박하사탕처럼 시원해졌다.

카이스 두 소드레Cais do Sodré역 매표소에서 줄을 서서 카스카이스까지 가는 기차표를 산다. 이십 분에 한 번씩 오는 근거리 기차이니 미리 예매할 것은 없다. 역사에 있는 슈퍼마켓에서 라즈베리, 블루베리, 오디, 딸기가 들어간 과일 컵과 주스를 사서 출발 오 분 전에 카스카이스행 기차에 올라탄다. 정방향 왼쪽 자리에 타야 해안가를 내다볼 수 있다고 해서 그 말을 따르기로 한다. 일요일이라 기차 안은 어린아이를 동반한 가족들로 한가득이다. 역을 출발해서 한 십 분은 교외의 평이한 사무실, 아파트 들만 보이다가 어느덧 왼쪽 창문으로 야자수와 대서양 바다가 펼쳐진다. 그리고 출발한 지 불과 사십여 분 만에 에스토릴역에 도착한다. 역에서 내려 짧은 지하보도를 지나 반대편에 이르면 코앞이 타마리스 해변이다.

태양이 바닷물을 반짝반짝 비추고 시원한 파도 소리가 귓가에 끊임없이 울린다. 바닷바람은 더없이 상쾌하고 모래는 폭신하고 보드랍다. 사전에 검색해서 알아본 것과는 달리, 타마리스 해변의 파도는 아주 거칠진 않더라도 충분히 즐겁게 같이 놀 만했다. 이곳에 와본 적이 있다는 것을 나는 몸으로 확실히 인지한다. 나는 이 바다 내음을 정확히 기억한다. 중간중간 바위, 그리고 그 사이사이 낀 이끼와 해초의 감촉도. 윤서는 어느새 바다를 향해 달려가고 있다. 조심조심 바닷물을 만지는 시늉을 해보지만 나는 아이가 일부러 운동화를 바닷물에 적신 것을 안다. 엄마, 엄마, 엄마, 나 양말까지 젖었어, 신발에 모래가 들어갔어, 바닷물에 씻고 와야겠어,라고 외치는 신나고 들뜬 소리가 저 멀리서 들린다. 양말을 벗고 물속에 들어가도 이내 모래가 묻을 테고, 모래 묻은 발을 바닷물에 씻어봤자 얼마 안 가서 모래가 더 많이 묻어 도리어 더러워지기만 하리라는 것을 윤서나 나나 둘 다 익히 알고 있다. 하지만 물론 나는 그래, 알았어,라고 말해준다. 바닷물에 얼마나 들어가

고 싶을까. 나도 그랬으니 네 마음을 알아. 그리고 젖으면 어떻고 더러워지면 또 어떠랴. 햇살이 이토록 따뜻하고 부드러운데. 유년 시절의 바닷가는 살갗이 원래 희던 나를 구릿빛 피부의 아이로 만들어주었더랬다. 옛날 사진들을 들춰 보면 오로지 이때만 까무잡잡하다. 자외선 차단이니 뭐니 아무것도 신경쓰지 않아, 피부 껍질이 여름 내내 몇 번이고 까지던 시절.

에스토릴 카지노의 광활한 야자수 정원 앞에서 타마리스 바닷물에 푹 젖은 윤서의 신발과 양말을 일광욕으로 잠시 말리고서는 팔라시우 에스토릴 호텔Palácio Estoril Hotel로 천천히 걸음을 옮긴다. 깨끗한 화장실에서 운동화에 들어간 모래도 제대로 털고, 편안한 곳에서 점심 식사를 하고 싶다. 바람 한 점 없이 따뜻한 날씨다. 여름날이라고 해도 믿겨질 정도다.

사실 에스토릴에서 유명한 것은 해변보다도 유럽 최대의 카지노와 유서 깊은 팔라시우 에스토릴 호텔이다. 키가 큰 젊은 도어맨이 맞아주는 로비로 들어서는데 마치 이 호텔이 문을 연 1930년대로 돌아간 느낌이 든다. 제2차세계대전 중에는 포르투갈이 상대적으로 안전하고 중립적인 나라였기에 각국의 왕족이나 부호, 유명인 가족 들이 이곳에 모여들었다. 당시 스파이로 활약했던 007 시리즈의 작가 이언 플레밍Ian Fleming은 이 호텔에 장기 체류하면서 『카지노 로열』의 착상을 얻었다. 1968년 영화 「여왕 폐하 대작전」에는 촬영 배경으로 등장하기도 했다. 과연 호텔 왼편의 좁고 기다란 복도를 걷다 보면 양쪽 벽에 이곳에 묵었던 왕족과 귀족, 유명인 들의 사진과 서명이 빼곡히 걸려 있다. 나는 1941년 5월에 숙박부를 기재한 영국인 작가 이언 플레밍의 서명을 무심히 바라보며 시간의 더께를 어렴풋이 가늠해본다.

호텔의 메인 레스토랑 그릴 포시즌스Grill Four Seasons에 점심 예약을 하려고 했지만 비수기라 2월 중순까지는 닫아서 수영장 옆에 자리한 부겐빌레아 테라스Bougainvillea Terrace로 안내받는다. '부겐빌레아 테라스'라는 이름은 외벽에 부겐빌레아가 한가득 피어 있어서 붙여진 이름이다. 부겐빌레아 꽃나무를 좋아하는 나로서는 이 대안도 전혀 싫지 않다. 해변 휴양지는 아무래도 겨울철이 비수기다 보니 영업 규모를 대폭 축소하

는 일이 흔해 이해해야 한다. 이웃 마을 카스카이스의 인기에 상대적으로 밀린 탓도 있겠지만. 그래도 완전한 휴업은 아니니 서운하진 않다. 게다가 나는 비수기의 어떤 느낌들을 무척 사랑한다. 성수기의 활기도 좋지만 비수기 때 보이는 호텔 직원들의 약간 긴장이 풀린 탈력도 좋고, 한때의 화려함과 영광이 빛바랜 듯한 어딘지 모를 쓸쓸함도 애틋하다. 길었던 여름휴가와 봄가을의 관광 철이 끝나면 외지인 모두가 떠나온 곳으로 돌아간다. 그 외지인들을 응대하기 위해 성수기에 모인 사람들도 다시 저마다의 자리로 돌아간다. 오래전부터 이곳을 꾸준히 지키던 사람들만 남아 홀가분하면서도 적요한 분위기를 풍긴다. 연극 무대에서 내려와 메이크업을 지우는 배우의 민낯처럼.

다들 적어도 30년은 이곳에서 근무했을 것 같은 최소 50대 중후반의 웨이터 셋이 부겐빌레아 테라스 입구에서 우리를 살갑게 맞이해준다. 세 사람 모두 영어가 유창하고 넉넉한 풍채에 배가 산만 하다. 흰색 재킷에 와이셔츠, 검정 바지에 하얀 앞치마, 연분홍색 넥타이를 똑같이 맨 그들은 마치 어떻게든 우리에게 맛있는 걸 먹여서 살을 찌우고 싶어 하는 동화 속 요정들처럼 보인다. 아까 호텔 로비와 라운지를 지나오면서 다른 손님은 겨우 두세 명 보았는데 이곳 식당도 우리 말고는 단 한 테이블뿐인 걸 보면 비수기가 맞긴 맞나 보다. 이미 1월 초인데도 크리스마스캐럴 메들리가 배경음악으로 흘러나오고 있다. 서울이었다면 손님에게 한 소리 듣기 전에 지배인이 선곡을 바꾸었겠지만 이렇게 더디게 시간을 따라잡는 것, 혹은 얼마간 그냥 놓아두는 자세는 주말에 스스로 눈이 떠질 때까지 마음껏 느긋하게 자도록 허락하는 것처럼, 조금 더 행복해지기 위한 지혜일지도 모르겠다.

메뉴를 찬찬히 살펴볼 동안 식전 빵, 생선살 파테, 버터, 올리브오일 등의 쿠베르 세트를 테이블로 가져다준다. 점심 식사로는 우선 생강을 곁들인 당근수프를 나누기로 하고, 윤서는 조개 링귀니, 나는 으깬 감자와 시금치 위에 올린 도미조림을 추천받아 주문한다. 웨이터들은 정중하지만 무게 잡지 않고 친근하지만 선을 넘지 않는다. 손님의 연령대에 따라 접객하는 방식이 미묘하게 달랐고 자신들이 어떻게 처신해야 하는지를 정확히 알고 있는 것처럼 보였는데 이런 것들은 오로지 긴 시간을 거친 경험을 통해서만 터득할 수 있으리라. 웨이터들이 풍기는 전반적인 분위기를 한마디로 표현하면

'여유'일 것이다. 오랜 경력이 있는 만큼 팽팽한 긴장감 없이도 자기 몫을 해내고 번갈아 가며 다음 음식을 내올 때만 잠시 '직업으로서의 웨이터'를 연기한다. 그러고선 그들은 마치세 명의 동방박사들처럼 적정 거리 밖에서 넌지시 우리 모녀가 점심 식사 하는 모습을 지켜본다. 어딘가 살짝 측은하게.

하기야 그들 입장에선 우리 모녀는 꽤나 뜬금없고 신기한 손님일 것이다. 멀리 동양의 한 나라에서 날아와, 바닷가에서 수영도 하지 못할 이런 비수기에, 투숙하는 손님도 아니고 카지노를 하러 온 것도 아닌데, 굳이 에스토릴까지 와서 말없이 늦은 점심을 먹는 두 사람. 관광차 온 듯한 들뜸과 설렘도 느껴지지 않고. 무슨 특별한 사연이 있어 이 시기에 이 멀리까지 왔을지 궁금할 법도 하다. 안경 쓴 수줍음 많은 저 여자아이에 겐 아빠가 있을까. 이혼 후 둘이 사는 걸까. 아니면 아이 아빠는 일찍이 세상을 떠난 건 아닐까? 저 봐, 엄마와 딸의 분위기가 어쩐지 묘하게 차분하잖아. 물론 그들은 유서 깊은 호텔에서 일하는 자부심을 지닌 직업인이기에 그러한 사적인 질문을 하지 않도록 훈련받았다. 하지만 눈빛에서 우러나는 호기심만큼은 숨기기가 힘들다. 아뇨, 아이 아빠는 음…… 가만 보자, 지금쯤이면 거실 테이블에서 양반다리하고 앉아 콜롬비아 마약상이 등장하는 넷플릭스 드라마를 보면서 밤참으로 '너구리'를 후후 불며 끓여 먹고 있을 겁니다. 시선이 마주치자 나는 입을 다문 채 엷은 미소를 짓는다.

식사 도중 마음 한구석에 밀어두었던 또 하나의 비수기 호텔을 기억해낸다. 암 투병 중이던 엄마가 바깥바람을 쐬고 싶다고 해서 아빠와 함께 나선 길이었다. 충청 지역의 한 온천 호텔로 가는 동안, 아빠가 운전하고 나는 뒷자리에서 엄마를 보살폈다. 가족 휴양지로서 각광받던 곳이었지만 그것은 과거의 한때일 뿐, 당시에는 쇠락해가는 과정 속에 있었다. 서울에서 비교적 가까우면서도 온천이 있는 곳, 하지만 너무 붐비면 엄마가 체력적으로 힘들어할까봐 나름으로 고심해서 고른 여행지였다. 그러나 막상 도착해서 활기가 전혀 느껴지지 않는 그 일대 온천 마을을 보며 후회했다. 기분 전환 시켜드리려고 온 건데 북적거림을 피하려다 을씨년스러움을 만난 꼴이었다. 겨울 초입이라 손님이 별로 없나보다, 애써 밝은 척 넘겼다.

그나마 숙소로 잡은 그 마을의 대표적인 온천 호텔은 규모가
크고 깔끔해서 다행이었다. 다만 이곳 역시 몇몇 직원들을 제
외하면 인기척은 거의 느낄 수 없었다.

체크인을 하고 몸 컨디션이 상대적으로 나은 이른 오후에
엄마를 모시고 자주색 카펫이 깔린 긴 복도를 지나 온천장으
로 향했다. 내가 화장실을 들르는 동안, 엄마가 먼저 목욕하러
들어가 있겠다고 했다. 뒤늦게 탈의하고 수증기로 김이 가득
서린 대욕장의 미닫이문을 열었다. 넓은 대욕장 중간쯤에 엄
마 혼자 자리를 잡고 몸을 씻고 있었다. 가까이 다가갈수록 엄
마의 뒷모습에 내 가슴이 쿵쿵 뛰었다. 너무 말라서 척추뼈가
그대로 도드라졌고, 상체가 머리 크기와 별반 다를 게 없었다.
모자로 가리고 지내던 민머리는 머리카락이 삐뚤빼뚤 나기
시작하고 있었다. 나는 플라스틱 의자를 가져와서 아무 말 없
이 엄마 옆자리에 앉았다.

"경선아, 엄마 너무 징그럽지?"

엄마는 내 쪽으로 고개를 돌리지도 않고 담담하게 물었다.
항상 스스로를 엄격하게 관리해온 엄마는 어쩐지 내가 당신
의 몸을 가까이서 보는 것을 원치 않는 것 같았다. 아까와 생

각이 또 바뀌었다. 차라리 다른 손님들이 없는 게 엄마에겐 나을 수도 있겠다.

"뭐가…… 아냐…… 엄마, 등 살살 닦아줄까?"

모녀지간에 같이 목욕탕을 간 것도 몇 번 없었지만 단 한 번도 등을 밀어달라고 한 적이 없던 엄마였다. 이번에는 엄마가 고개를 끄덕였다. 가장 부드러운 재질의 수건으로 뼈만 남은 등에 조심히 비누칠을 했다. 아프냐고, 더 약하게 할까,라고 물으니 그 정도는 괜찮다고 했다. 몸 상태가 안 좋으면 목욕은커녕 남이 내 몸을 만지는 것조차도 힘든 법인데 그래도 엄마가 오랜만에 개운해하는 것 같아 마음이 좋았다.

하지만 그것은 내 터무니없는 착각이었다. 온천물은 아무래도 일반 물보다 성질이 센 것이다. 엄마는 온천욕 후, 기운이 빠져 저녁이 될수록 표정이 일그러져갔다. 비수기라 호텔 안에서 먹을 만한 변변한 게 없어, 피치 못해 마을 중심가로 차를 몰았다. 아빠는 운전하는 와중에 식당 간판들을 두리번대면서 엄마의 기색을 살폈다.

"여보, 여긴 어때? 산채 정식과 도토리묵 먹을까?"

엄마가 미간을 찌푸리자 아빠는 바로 차를 다른 데로 돌렸다. 그럼 여기는? 엄마가 이번에는 눈썹을 치켜올리는 표정으로 의사 표현을 했다. 다시 좌회전 유턴.

"아, 저기가 좀 깔끔해 보이는데?"

아빠가 참을성 있게 미소 지으며 엄마에게 물었다.

"내가 먹을 게 없잖아……."

한껏 짜증이 차오른 어투로 그제서야 겨우 엄마가 입을 열었다. 그렇게 엄마는 계속해서 두어 군데를 더 싫다고 퇴짜를 놓았고 아빠는 그때마다 차의 핸들을 좌우로 꺾었다. 차 안의 분위기가 깊은 우울감에 익사하기 일보 직전, 엄마는 첫 번째로 갔던 산채 정식과 도토리묵 집을 손가락으로 가리켰다. 겨우 한시름 놓았다고 생각했는데 들어가보니 좌식형 자리밖에 없었고, 방석을 이중 삼중으로 깔아도 엄마는 엉덩이가 배긴다며 식사 내내 얼굴을 찡그리며 힘겹게 겨우 몇 숟가락 뜨고선 수저를 내려놓았다. 방석들을 가능한 한 많이 한데 모아 엄마가 등을 기대게 한 후, 아빠와 나는 허겁지겁 음식을 입 안에 쓸어담았다. 주인아주머니는 우리가 고생이 많다는 듯이 쳐다보며 천천히 좀 드시라, 그러다 탈 나겠다고 안쓰러운 어투로 말했다. 마치 엄마가 조금만 더 참아주면, 조금만 덜 이기적이라면 아빠와 내가 기분 좋게 맛을 느끼며 식사할 수 있을 것처럼. 천만에. 나는 내가 아파봐서 안다. 엄마는 인내심이 엄청 강한 사람이고 그때 엄마는 정말로, 정말로, 우리 앞에서 최선을 다했다는 것을. 그리고 그 여행은 엄마와의 마지막 여행이 되었다.

✧

식사 후, 우리에겐 또 가봐야 하는 곳이 있었다. 팔라시우 에스토릴 호텔의 벨 보이가 콜택시를 불러 이 숙녀 두 분을 긴초 해변까지 잘 부탁한다고 당부해주었다. '파비오'라는 이름의 택시 기사는 마치 형수와 조카를 데리고 바닷가에 가는 삼촌처럼 신중하고 든든한 드라이버 역할을 맡아주었다. 서른 초중반으로 보이는 그는 짙은 갈색 곱슬머리에 단정한 검정 안경테를 썼다. 파비오는 회사에 전화해서 본래의 운전 범위인 에스토릴을 벗어나 긴초 해변에 갔다가 그대로 우리를 리스본까지 데려다주고 조퇴하겠노라고 상사한테 보고를 하더니 한결 홀가분해 보인다.

파비오에게 물었다. 어렸을 때 물놀이를 하던 곳 중 하나가 아마도 긴초 해변이라고 해서 지금 이렇게 가고 있긴 한데…… 갈 만한 가치가 있는 곳이냐고. 카스카이스의 다른 바닷가도 좋지 않냐고. 약간 피곤하기도 하고, 어쩐지 하루 사이에 너무 많이 돌아다니는 게 아닐까, 막상 가서 보면 실망하는게 아닐까 미리부터 걱정이 된 것이다. 하지만 말없이 과묵하게 안전 운전에 집중하던 파비오는 생기 가득한 표정으로 눈을 반짝이며 대답한다.

"아닙니다. 긴초가 최고예요. 그만큼 아름다운 곳은 아무리찾아봐도 없어요."

포르투갈 사람들은 낯을 가리지만 한번 말을 트고 나면 더없이 친절하다. 나의 조바심과 걱정을 눈치채고 그가 조곤조곤 안심시켜주듯 자신이 아는 것을 나누고자 애쓴다. 운전하는 모습만 보아도 허투루 말을 하는 사람이 아니라는 것은 알수 있었기에 그의 말에 나는 안도한다.

긴초 해변으로 가는 동안 택시는 한참을 엇비슷한 바깥 풍경을 지나며 달린다. 고개를 왼쪽으로 돌리고 창밖을 멍하니 내다보는 윤서의 옆얼굴을 본다. 예전의 나도 혼자 차 뒷자리에 앉아 차창 밖을 바라보면서 시간이 영원한 것처럼 느꼈더랬다. 윤서의 특징인 통통한 뺨이나 짱구 뒤통수를 보노라면 어렸을 적의 나를 보고 있는 듯한 아득한 착각에 빠져든다. 이 아이를 끝까지 사랑하고 지켜주고 싶다고 생각한다. 윤서는 이번 여행에서 부쩍 성숙해진 모습들을 보여주었지만 한편으로는 여전히 어리다는 생각을 떨쳐내기 힘들다. 아직은 내가 챙기고 보호해줘야 하는 아이다. 그러나 부모는 자식의 인생을 마지막까지 지켜봐줄 수가 없다.

괜한 감상에 빠진 생각의 고리를 나지막이 끊어준 것은 파비오였다.

"이제 다 와가요. 저기가 긴초 해변이에요. 그리고 반대편에 높은 산 보이시죠? 작년 여름에 큰불이 나서 새까만 거예요. 앞쪽 일부만 초록빛이 남아 있죠. 참 애석한 일이에요."

창 너머로 산을 둘러보는 동안, 파비오는 주차할 공간을 찾는다. 그러나 긴초 해변 언덕은 이미 주말 나들이를 나온 다른 차들로 꽉 차 있다. 파비오는 잠시 생각에 잠기는 듯하다가 몸을 뒤로 돌려 말한다.

"제가 저쪽에 주차해놓고 있다가 올라오시는 걸 보면 여기로 나올게요. 저 앞에서 다시 만나기로 해요."

"네, 알겠어요. 하지만 오래 안 걸릴 거예요. 십 분에서 십오분 정도? 최대한 빨리 보고 올게요. 미터기는 그대로 올라가게

두세요. 아니면 지금 먼저 택시비를 지불할까요?"

마음이 초조해진 나는 말이 평소보다 더 빨라지고 있었다. 파비오는 그런 내 모습을 보더니 눈꼬리를 내리며 부드러운 미소를 지어 보인다.

"세뇨라, 걱정하지 않으셔도 돼요. 원하시는 만큼 해변에서 충분히 시간을 보내고 오세요. 저도 오늘은 쉬엄쉬엄하고 싶거든요."

세상의 어떤 사람들은 이득과 손실 따위는 신경도 쓰지 않고 살 것만 같다. 누구는 그런 성질을 두고 어눌하다 하겠지만 나는 지금 그런 다정한 너그러움을 그 무엇보다도 필요로 하고 있었다.

긴초 해변은 언덕 멀리에서 볼 때부터 사람의 영혼에 강하게 호소하고, 마음을 뒤흔든다. 본능적이고 원초적인, 자연 그대로의 해변이다. 보고만 있어도 심장이 뛴다. 일직선으로 시원하게 뻗은 해안선을 따라 여러 명의 서퍼들이 거친 파도를 타고 있다. 아무렴 이곳은 세계 서핑 챔피언십 대회를 주최한 적도 있다. 바다는 역시 파도지! 누가 뭐래도 파도가 거친 바다가 진짜 바다인 것이다. 이런 바닷가를 일상적으로 가까이

두고 사는 인생은 한 사람에게 어떤 작용을 할까.

바다까지 가는 내리막길에는 바위들 사이로 처음 보는 야
생 꽃과 다육식물 들이 반기고 모래는 얼마나 깊고 입자가 고
운지, 마치 몸의 곡선대로 푸욱 들어가는 템퍼 매트리스 위를
뒤뚱뒤뚱 걷는 기분이다. 하늘은 여전히 화창하고 물결은 햇
빛에 눈이 부시도록 반짝반짝 빛난다. 가족과 연인, 친구 들은
모래사장 곳곳에 피크닉 매트를 깔고 쉬고 있고, 개와 강아지
는 주인을 따라 해변가를 기분 좋게 산책한다. 천국이라는 게
있다면 바로 이런 모습일 것이다. 마침내 시선이 바다와 수평
이 되는 곳까지 내려온다. 윤서는 에스토릴의 타마리스 해변
에서 그랬던 것처럼, 잡고 있던 내 손을 어느새 놓아버리고 말
도 없이 저만치 다다다다 파도를 향해 달려가고 있다. 지금 시
각 오후 4시 20분. 바다 위의 하늘은 파란색과 연노란색이 뒤
섞여가며 한 시간 후의 일몰을 준비하기 시작한다. 그 모습을
가만히 서서 지켜보는데 나른한 피로감이 올라오는지, 몸의
중심에서 약간의 열감이 느껴진다. 그러거나 말거나 이미 바
지를 걷어 올리고 무릎 깊이까지 파도 속으로 들어가버린 윤
서는 목청껏 나를 부르며 자기가 물로 장난치는 모습을 잘 보

라고 성화다. 강아지와 어린이들은 어쩌면 저렇게 바다만 보면 신나할까. 바다의 무엇이 그들을 그토록 이유 없이 달리게 만드는 걸까. 어째서 파도와는 질리지도 않고 끝없이 함께 놀 수 있는 것일까. 경이로울 따름이다. 토끼 같은 앞니 탓에 웃는 일에 인색해서 대부분 무표정하던 그 시절의 열 살 어린이도, 이곳 바다에서 놀 때만큼은 한결같이 입꼬리가 귀에 걸릴 것처럼 온 힘을 다해 웃고 있었다.

지금 그 아이가 내 앞에 보인다. 바닷물에 들어가 너무 신이 난 나머지 못난 얼굴을 한껏 찡그리면서 쉴 새 없이 웃는 너. 수영도 제대로 할 줄 모르면서 자꾸만 깊은 곳으로 들어가려는 너. 낯을 가리고 마음을 쉽게 열지 않으면서 그르렁대는 거친 파도에게는 몸과 마음, 모든 것을 그대로 맡겨버리는 너. 너라는 아이는 참 지치지도 않는구나. 너라는 아이는 활기가 넘치는 아이였구나. 그래, 어렸을 때 힘껏 놀아줘야 어른이 되어서도 열심히 살아갈 수가 있단다. 나는 어느새 그 아이와 혼잣말로 대화를 나누고 있다.

"엄마! 거기서 뭐 해!"

윤서가 다시 저 멀리서 나를 부르자 그 아이가 순식간에 내 앞에서 사라져버린다. 지금은 같은 풍경을 전혀 다른 각도에서 보고 있겠지만 언젠가는 나의 행복한 기억이 딸에게도 대물림되기를 바라본다. 어느새 노을이 하늘에 저릿하게 스며들기 시작한다. 저만치에 있던 윤서가 순식간에 이쪽으로 달려온다. 엄마를 버려두고 가버리더니 언제 그랬냐는 듯이 금세 또 곁에 찰싹 붙는다.

둘이 손을 잡고 조금만 더 해변을 거닐기로 한다. 그러고 보니 우리는 이곳 바다에서 서로를 평소보다 조금 오래 마주 보았던 것도 같다. 나는 바다의 쌉싸름한 공기를 깊게 들이마시면서 나라는 인간이 만들어지는 데 일부분을 담당한 이곳의 파도와 바람을 생각한다. 나에게 얼마간의 낙천성이라는 게 남아 있다면 그것은 모두 리스본의 햇살과 바다에게 신세진 것이겠다.

모든 게 그저 감사하다.

섬세하고
아름다운
생각

어제 바다로 소풍을 다녀오고서 고단했는지 윤서는 10시가 넘어서야 눈을 뜬다. 첫마디로 '배고프다' 말한다. 배고파서 깼구나, 우리 아가. 가장 편안한 옷차림으로 호텔을 나선다. 신선한 공기를 마시며 십오 분 남짓 걸어 어제 기차를 타러 왔던 카이스 두 소드레역 건너편에 위치한 메르카도 다 리베이라Mercado da Ribeira로 향한다. '강변의 시장'이라는 뜻으로, 1892년부터 신선한 과일과 채소, 생선과 꽃 등을 팔아온 반구형 지붕을 얹은 넓은 재래시장이다. 2014년, 다소 낙후되어 있던 이곳에 큰 변화가 일어났다. 오랜 역사를 지닌 기존의 재래시장을 절반 남겨두고, 나머지 절반의 공간이 포르투갈에서 가장 주목받는 식음료 브랜드를 유치한 푸드 코트로 변신한 것이다. 그 혁신적인 프로젝트를 일구어낸 것은 세계 주요 도시의 최신 트렌드와 정보를 취재하는 『타임아웃』 포르투갈 지사였다. 『타임아웃』 포르투갈 편집진들은 섬세한 감식안으로 참신한 착상과 실력을 가진 가게들을 탐색했다. 편집진과 해당 업계 전문가들의 시험을 통과하면 짧게는 일주일부터 길게는 3년간 입점이 허용되었다. 선별 과정을 통해 스물네 곳의 레스토랑, 여덟 곳의 바, 열 군데 남짓의 잡화점들이 이곳 재래시장으로 들어와서 '타임아웃 마켓 리스보아Time Out Market Lisboa'가 탄생했다.

트렌디한 도시정보지와 재래시장? 언뜻 어울리지 않지만 자세히 보면 꽤 일리 있는 조합이다. 예전 모습 그대로의 재래시장과 최신 트렌드를 반영한 인기 레스토랑은 이젠 상호 보완을 하는 존재다. 모습이 다르다 해도 한 지붕 아래 최고의 것들을 모아두었다는 자부심을 공유한다. 손님 입장에서도 반길 만하다. 유명 셰프들이 운영하는 '맛집'에서 비교적 저렴한 가격에 식사가 가능하고, 리스본 시민이라면 귀가하면서 신선한 식재료와 꽃을 사 갈 수 있으니. 이 실험적 합병 모델의 성공은 여타 유럽 국가들에 벤치마킹 대상이 되고 있다니 어쩐지 나까지 뿌듯하다.

배고픔을 잠시 참고 재래시장을 먼저 둘러본다. 재래시장 방문이 즐거운 것은 특유의 활기 덕분이기도 하지만 여행지마다 현지에서 생산되는 채소와 과일이 천차만별이기 때문이다. 윤서의 팔뚝 굵기만 한 대파가 있는가 하면 한국에선 먹기 어려운 작은 사과와 버찌 열매, 그리고 묘하게 중독성 있는 파파야를 보는데 절로 기분이 좋아진다. 리스본의 대표 생선 바칼랴우만을 취급하는 가게도 장관이다. 재래시장 쪽 절반을 다 보고 북적북적 소리가 들리는 타임아웃 마켓 리스보아로 건너간다. 사면을 빼곡히 둘러싼 입점 가게들을 하나하나 신중히 살피고서 우리는 1982년에 개점한 스테이크집 카페 데 상 벤토Café de São Bento의 유명한 스테이크와 으깬 시금치, 재스민 라이스를 나눠 먹는다. 디저트로는 만테이가리아Manteigaria의 갓 구운 나타Nata(에그타르트)를 시킨다. 작은 박스에 두 개씩 쏙 넣어주니 거리를 걸어 다니면서 먹을 수 있다.

오늘은 닷새간 묵었던 호텔 다 바이샤에서 체크아웃 한다. 엘리베이터를 타고 로비로 내려가면 프런트 데스크에 늘 세

명의 직원이 상주하고 있다. 생긴 지 얼마 안 되는 세련된 부티크 호텔에서 근무해서인지, 다소 도도하고 나른한 허세가 있는 그들의 말투나 몸짓을 구경하는 일은 이곳에 묵는 동안 나의 사사로운 즐거움이었던 터라 어쩐지 아쉽다. 정산을 한 후, 그들 중 나와 이메일을 주고받았던 안드레아에게 물었다.

"기념으로 여러분 사진을 찍어도 될까요?"

예상외로 괜찮다고 답하더니 자기들끼리 떠들던 걸 바로 멈추고 맥북을 보거나 전화기를 귀에 갖다 대는 등 갑자기 '열일' 하는 포즈를 취해주었다. 역시나 힙스터.

프린시피 레알Príncipe Real 지역에 있는 두 번째 숙소의 이름은 '1869 프린시피 레알'이다. 이곳은 베드 앤 브랙퍼스트로, 공들인 홈메이드 아침 식사를 제공하는 객실 10개 미만의 조용하고 오붓한 숙소다. 리스본에 다시 오기 전에 여러 책들을 살펴보면서 내가 가장 가보고 싶었던 곳이 프린시피 레알이었다. 시내 한가운데도 아니고 관광 구역도 아니다. 굳이 말하자면, 차분하고 자유로운 분위기의 주택가라 할 수 있겠다. 우선 그 중심에 아름답고 기품 있는 프린시피 레알 공원Jardim do Príncipe Real이 있고 그 맞은편에 신무어 양식의 궁전 모양을

한 엠바이샤다Embaixada 백화점이 있다. 사이사이 골목에는 주인의 고아한 취향이 반영된 골동품 가게와 개성적인 현지 디자이너의 옷 가게, 테이블이 몇 없는 작지만 맛있는 식당들도 있다.

택시에서 내리자 톤 다운된 적색 벽돌과 대문, 하얀색 테두리의 창문들이 보이고 그 옆으로 '1869 PRINCIPE REAL Bed & Breakfast'라고 새겨진 구리 패널이 걸려 있다. '1869'는 건물이 세워진 연도라고 한다. 자세히 보면 건물마다 대문 위에 건설된 연도가 적혀 있다. 부저를 누르니 다갈색 머리의 매니저 프란시스코가 반갑게 맞이하며 무거운 캐리어를 번쩍 들어준다. 문 안으로 들어서니 짙은 갈색 나무로 만든 리셉션 테이블과 하얀색 회전 계단이 우아한 분위기를 물씬 풍긴다. 1869년에 만들어진 건물이니 물론 엘리베이터 따위는 없다. 그 대신 모든 공간의 천장이 아주아주 높다. 우리가 예약한 방의 이름은 '포르투갈식 타일 스위트룸'으로 한 층 더 올라가야만 한다. 프란시스코가 또 한 번 팔로 번쩍 캐리어를 들고 척척 계단을 오른다.

화장실과 침실, 거실로 나뉘어진 객실은 제법 널찍하고, 특별히 아줄레주 타일로 꾸민 벽면에 한눈에 반해 예약했다. 아줄레주는 '판판하게 갈아놓은 작은 돌'이라는 의미로 포르투갈 특유의 채색 타일 장식인데 주로 흰 바탕에 파란색으로 그림을 그려 넣은 것이 대표적이다. 아줄레주 박물관에 가봐도 좋겠고, 포르투에 가면 상 벤투 기차역이나 카르모 성당의 웅장한 아줄레주 벽화를 감상할 수도 있겠지만, 이렇게 작은 주거 공간이나 골목골목 건물 외관의 빛바랜 아줄레주를 보는 것으로도 나는 충분히 즐겁다. 킹사이즈 침대는 모서리마다 기둥이 있고, 갈색 원목 책상과 의자, 파란색 벨벳 소파가 놓여 있다. 티테이블 위에는 하얀색 도자기로 만든 전기 찻주전자와 생수가 담긴 사각형 유리병이 올려져 있는데, 높은 천장과 화장실 변기 옆의 수동식 비데보다 나는 호텔의 이 유리병을 보며 유럽에 와 있다는 실감을 가장 강하게 느낀다. 유리가 꽤 두껍다 보니 한 손으로 들고 물을 따르기에는 어처구니없이 무겁다. 하지만 플라스틱 재질의 물건을 사용하지 않는 이런 자세는 실리보다 아름다움을 추구하는 유럽의 긍지를 보여준다.

이곳의 이불 시트에 대해 이야기하지 않을 수가 없다. 보통의 대형 호텔은 이불 시트가 빳빳하게 풀을 입힌 파삭파삭한 느낌인데 이곳 시트는 마치 이미 사용한 것처럼 몹시 익숙한 보드라운 감촉이다(눅눅한 것과 다르다). 바삭한 시트가 더 좋을 것 같지만 실은 이 섬세한 부드러움이야말로 정성이 들어간 고급 베딩이다. 흰색 이불 시트의 한편에 수놓인 은근한 흰색 자수를 보니 세세한 디테일까지 신경 썼음을 알 수 있어 흐뭇함에 미소가 지어진다. 커다란 창문을 절반쯤 열어놓고 수영장 같은 침대에 풀썩 다이빙을 한다. 몸을 뒤집어 한동안 나비잠 자세를 취한다. 사방이 고요하다.

짐 정리를 마치고 인텐데Intende 지역에 있는 포르투갈 민예 잡화점 아 비다 포르투게자A Vida Portuguesa에 간다. 번역하면 'Portuguese (Way of) Life', 다시 말해 '포르투갈식 삶(의 방식)'이다. 패션 잡지 『마리 끌레르』 기자로 오래 일해온 카타리나 포르타스Catarina Portas가 점차 사라져가는 포르투갈의 질 좋은 제품들을 지켜내고 싶은 마음으로 시작해, 이제 리스본 시내에 두 곳, 외곽인 인텐데에 한 곳, 그리고 포르투 시내에 한 곳을 운영 중이다. 인텐데 지점은 특히 인테리어 제품이 타 지점에 비해 월등히 많고 매장 크기가 가장 넓다.

카타리나 포르타스는 기자로 일하던 어느 날, 사람들이 더 이상 찾지 않게 된 포르투갈의 아름다운 일용품들에 관한 취재를 계기로 몇 년 후 심층 취재를 더해 책을 쓰려고 마음먹었다. 그런데 막상 다시 조사에 들어가자 그사이 숱한 제품들이 수지 타산의 문제로 더 이상 생산되지 않거나, 없어질 위기에 처했다는 것을 알고 충격을 받았다. 그렇다면 자신이 무엇을 할 수 있을까를 고민했고 포르투갈의 아름다운 유산을 세대에서 세대로 이어주는 역할을 하기로 결심했다. 우선, 향수를 불러일으키는 포르투갈산 물건들을 넣은 선물 꾸러미를 만들어 크리스마스 시즌에 팔아보았다. 반응은 폭발적이었고 입소문을 타고 먼저 요청해오는 손님들이 늘었다. 부푼 마음을 안고 가게를 열기 전, 북쪽 끝에서 남쪽 끝까지 포르투갈 곳곳을 누비며 '포르투갈다움'을 발견하는 여행을 했다. 전통 공예품, 민예품, 패브릭 제품 등의 공장을 방문하거나 장인들의 이야기를 들으면서 대대로 전해져오는 가치들이 분명히 존재함을 확인했다.

포르타스는 포르투갈의 고유함은 무엇일까를 고민하고 그 답을 찾았다. 다름 아닌 '늦됨'이었다. '늦됨'은 보편적으로 칭찬받는 특성이 아니다. 대놓고 말은 안 해도 포르투갈은 서유럽 국가들 사이에서 그런 이미지로 무시당해왔지만 그녀는 바로 그 특성을 기회로 보았다. 포르투갈은 여타 유럽 국가에 비해 공업화가 뒤늦어서 여전히 지방 곳곳에 수작업이 남아 있던 것이다. 10여 년 전만 해도 포르투갈산은 왠지 촌스러운 느낌이었지만, 그것을 포르투갈산 복고풍이라는 매력 자산으로 탈바꿈시키는 것은 해볼 만한 도전이었다.

가게에 선보일 상품의 기준은 자연스레 정해졌다. 최저 30~40년의 역사가 있는 브랜드나 제품일 것. 사람들의 향수와 추억을 소환할 것. 제작 과정에서 수작업으로 만드는 부분이 반드시 남아 있을 것. 포장은 그대로 하거나 예전 스타일을 기본으로 할 것. 가장 중요한 것은 포르투갈에서 생산되고 품질이 좋을 것. 제품이 지닌 본래의 매력은 최대한 그대로 두면서 그녀만의 감각으로 정갈함과 세련됨을 보완했다. 참신한 아이디어 하나가 폐쇄 일보 직전의 일터들을 재생시키고, 전국 각지의 생산자들에게 살아갈 자부심을 안겨준 것이다. 아

비다 포르투게자는 오래된 가치들을 소중히 여기고자 하는 포르투갈 신진 디자이너들의 제품에도 관심을 기울인다. 그들은 다가올 시대의 새로운 장인이니까. 가령 '라 파즈La Paz'라는 포르투갈 남성 의류 브랜드. 좀처럼 옷을 사지 않는 나는 인텐데 지점에서 행거에 걸린 이 브랜드를 발견하고 한눈에 매혹당해 나와 윤서를 위한 네이비 울 스웨터, 네이비 스프라이트 스웨트 셔츠, 그레이 후드 티를 사버린다. 남성 브랜드지만 심플한 취향을 가진 여성에게도 어울린다. '평화'라는 뜻의 브랜드명도 좋지만 브랜드 철학이 특히 더 마음에 든다.

"La Paz의 옷들은 포르투갈의 전통적인 작업복들로부터 영향을 받았습니다. 그 시절의 일하는 남성들은 항상 옷매무새를 야무지게 챙기고서야 문밖을 나섰지요. 오래도록 입을 수 있게 튼튼한 재질을 쓰고, 옷의 디테일은 많지 않습니다. 대서양을 바라보며 살아가는 사람들의 눈에 비친 바다의 색들을 풍부하게 사용하고, 세월이 흘러도 변치 않을 디자인을 입혔습니다. La Paz는 패션과 유행에는 무관심하지만 자부심을 가지고 살아가는 것을 소중히 여기는 사람들을 위해 만들어졌습니다."

윤서와 나는 옷가지들 외에도 각종 참치와 정어리 캔, 핸드크림, 치약 등을 구입했다. 아 비다 포르투게자를 한층 더 기분 좋은 공간으로 만든 것은 다양한 피부색의 직원들이었다. 젊은 미녀나 미남이 아니더라도 각자가 외모나 옷차림에서 풍기는 개성과 매력이 은은하면서도 존재감이 있다. 일하는 모습은 우아하지만 차갑지 않고, 다정하지만 무르지 않다.

정갈하게 만들어진 좋은 물건들을 보노라면 종종 엄마를 떠올린다. 그녀는 무척 취향이 좋았다. 옷 한 벌 고르는 데도 까다롭고 깐깐했다. 2~3년에 한 번씩 남편의 직장 일로 나라에서 나라로 이주하기 위해 짐을 최소화해야 했고, 공무원 월급으로 다섯 식구를 챙겨야 해서도 그랬지만 기본적으로 안목이 좋았다. 옷 가짓수가 많지 않아도 엄마가 공들여 고른 옷들은 품질이 좋았고 그 자체로 완결된 그런 옷들이었다. 오래 입히려고 일부러 넉넉한 사이즈를 고르거나, 싸다고 타협해서 사는 일은 없었다. 사이즈는 어디까지나 몸에 딱 맞게 입혔고, 조금 비싸도 눈에 쏙 들면 빠르게 결단했다. 옷이 낡으면 바로

버렸지만, 최대한 관리를 잘해서 오래 입혔고, 늘 청결하고 반듯하게 다림질이 되어 있어야 했다. 다만 자신의 취향을 일방적으로 강요하는 측면은 없잖아 있었다. 베이지색 중심의 무채색 계열의 옷을 좋아한 엄마에 의해, 어린 시절의 나는 너무 단정한 옷들만 입었다. 과한 디테일이나, 레이어드 스타일, 화려한 원색과 야광색, 복잡한 패턴이나 영문 로고가 들어간 옷들은 논외였다. 하지만 여태 살아오면서 '내 옷이다' 싶을 만큼 잘 어울렸고, 잘 입었고, 기억에 남는 옷가지들을 떠올려보면 연보라색의 잔잔한 들꽃 무늬 원피스, 연회색과 연분홍색의 줄무늬 치마, 목깃 부분에 정교한 프릴이 달린 흰색 면 셔츠, 대학 졸업 사진 찍을 때 입었던 감색 치마 정장 등 모두 엄마가 고른 옷들이었다.

그런가 하면 엄마는 당신이 관심 있는 분야 외엔 신경을 껐다. 학교 공부나 교우 관계에 대해 이야기를 나눈 적이 없다. 먼저 다가와서 고민이 있으면 털어놓으라고 한 적도 없다. 반대로 당신의 고민을 털어놓거나 감정적으로 폭발한 적도 없다. 함께 나란히 부엌에 서서 요리를 만들어본 적도 없다. 엄마에겐 따로 신경을 써야 할 그보다 중요하고 실질적인 일들이 많았던 것 같다.

리스본 국제학교의 크리스마스 학예회는 4학년부터 8학년
까지 학생들 전체가 연극 「호두까기 인형」에 참여했다. 그중
가장 꼬맹이인 4학년생들이 맡은 역할은 배경이 될 온갖 인형
들. 친구들은 토끼, 카우보이, 나비, 트럼프, 곰 인형 등 그럴싸
한 무대의상으로 변신하고 나타났지만 엄마는 나를 피에로로
만들었다. 벙벙한 엄마 바지를 입고 아빠의 멜빵과 넥타이를
맸다. 거기에 학교 공작 시간에 만든 금박 종이 중절모를 쓰
면 완성. 하다못해 피에로의 둥근 코라도 챙겨줄 것을 기대했
지만 엄마는 당신의 빨간 립스틱으로 내 코와 눈, 입술 주위를
원을 그리듯 색칠했다. 여분의 돈과 수고 하나 들이지 않고 아
이를 분장시킨 자신에 대한 뿌듯함이 표정에 드러났다. 그 모
습을 본 나는 그와 반대로, 실망감을 안으로 숨길 수밖에 없었
다. 이런 걸로 불평하는 것 자체가 어쩐지 사치스러운 게 아닐
까 싶은 마음도 있었다.

내켜하지 않았는데 엄마가 내 긴 머리를 싹둑 아주 짧은 커
트 머리로 자르게 한 적이 있다. 커트 머리가 훨씬 깔끔하고

세련되었다, 너는 뒤통수가 짱구니까 어울릴 것이다,라는 주장에 따른 결정이었는데 엄마는 그저 보수적인 당신으로선 하기 어려운 시도를 나를 통해 모험하고 싶었던 것 같다. 현실에선 투박한 교정기를 낀 애매한 외모의 중학생에게 커트 머리가 어울릴 리가…… 엄마는 한번 마음을 먹으면 원체 확고해서 이미 손을 쓸 수가 없었고 나는 그저 시간이 어서 빨리 흘러 머리가 다시 자라기만을 기다렸다. 그러다가 머리가 간신히 어깨 위에 닿을 무렵이면 엄마는 또다시 보기 지저분하다며 커트를 치게 만들었다. 그렇게 나의 10대엔 몇 년간의 도돌이표 커트 머리 시절이 있었다. 자아가 강해진 고등학생 이후로 지금까지는, 아시는 분들은 다 아시겠지만, 내내 긴 머리를 고수하고 있다.

하지만 돌이켜 보면 그런 것쯤은 아무것도 아니었다. 자식의 성격 형성에 부모로서 가장 깊이 영향을 끼친 것은 애정 표현과 칭찬의 부재였다. 공부를 잘해서 좋은 성적을 받아도, 학교에서 상이나 장학금을 타 와도 '아, 그래' 정도가 다였다. 1~3년에 한 번씩 새 언어를 처음부터 배워가며 이 정도 성적을 거두고 상을 탄다면 적어도 안쓰러워하거나 대견해하거나 둘 중 하나는 느껴야 하는 것 아닌가. 어련히 알아서 잘하니까 말이 필요 없다고 판단한 것일까. 아니면 그조차도 생각하지 못할 정도로 '따로 신경을 써야 할 그보다 중요하고 실질적인 다른 일들'이 여전히 더 많았던 것일까.

찾아보면 그녀의 사랑이 나를 감동시킨 일이 분명 무언가 있겠지. 에둘러 한 애정 표현이라도 내게 전달돼서 가슴이 뭉클했던 적이 있었겠지. 한데 아무리 기억의 서랍을 샅샅이 뒤져보아도 생각나지 않는다. 그렇다고 엄마랑 사이가 딱히 나빴다고도 할 수 없다. 육 남매 중 맏이라 어쩌면 크면서 부모의 살가운 애정 표현을 받아본 적이 없던 걸 수도 있겠다. 타고난 성격이 건조하고 실리적이라 그럴 수도 있겠다. 그녀의 감정적인 모습을 한 번이라도 본 적이 있었던가. 암 투병 말기 때 말고는 기억나지 않는다.

긍정적으로 해석하면 그러한 정서적 방관 덕분에 나는 자립심, 책임감, 적응력, 추진력, 생활력을 상대적으로 이른 나이에 갖추게 되었다. 부정적으로 해석하면 그 탓에 물이 새는 항아리에 끝없이 물을 길어 날라야 하는, 끊임없이 다른 사람들에게 칭찬과 사랑을 받고 싶어 멈추는 방법을 모르는 사람으로 커버리고 말았다. 『엄마와 연애할 때』의 프로필에 썼듯이 자유로움이라는 표현이 어울려 보이지만 그것은 그저 외롭고 독립적으로 성장한 사람의 일면이고, 다만 그 기질로 인해 글쓰는 일을 택한 어른으로 자랐을 뿐이다.

잠깐. 그러고 보니 그녀가 '감정적'이던 모습이 하나 더 기억난다. 엄마는 일찍이 내가 다른 형제들과 기질이 다르다는 것을 간파했더랬다. 내가 30평대 아파트에 살면 되지, 그 이상은 바라지 않는다고 했더니 말이 씨가 된다며 막내딸의 세상 물정 모르는 철없음에 격노하며 나무랐다. 소싯적 잘나갔다는 경기여고, 이화여대 출신으로 동창들은 죄다 서울대 나온 남자를 만나 큰 평수 강남 아파트에서 잘 먹고 잘사는 데에 반해 당신은 조건 대신 사랑을 선택한 죄로 겉만 외교관 부인이라는 언뜻 우아하게 들리는 타이틀을 가졌을 뿐, 실상은 평생 돈 걱정하며 발을 동동 구른 것에 대한 반작용이었을지도 모른다. 자식들만큼은 경제적으로 윤택하게 잘살았으면 좋겠다는 진심 어린 걱정의 마음이라 믿고 싶지만 그런 것치고는 결혼할 때 오히려 내가 그간의 직장 생활로 벌어둔 돈을 '드리고'

나온 부분은 고개를 갸웃하게 만든다.

"네가 말하는 건 다 개똥철학이야. 현실을 봐, 현실을."

엄마는 엄격하고 실리적인 '타인'의 얼굴로 나의 순진한 인생관에 혀를 찼다. 다만 내 생각이 왜 철없는지는 따로 설명해주지 않았다. 엄마의 말씀이 옳았다. 말이 씨가 된다고 나는 여태껏(그리고 아마 앞으로도) 33평 아파트에 살고 있다. 하지만 내 말도 틀리진 않았다. 그때의 진심처럼 이 이상 딱히 바라지도 않는다. 사람은 의외로 쉽게 변하지 않는 것이다. 또한 엄마가 비웃고 우려했던 나의 인생관과 세계관, 그 철없음 덕분에 지금의 내가 글을 쓰며 산다고 해도 과언이 아니다. 당신은 돈 걱정에서 겨우 한숨 돌리고 여유를 누리려던 참에 말기 암이 훅 찾아왔다. 문득 당신이 입버릇처럼 딸에게 해주던 말이 기억났다. 사람은 자고로 절대 긴장을 다 풀어버리면 안 되는 거라고. 항상 긴장을 놓지 않고 살아야 한다고. 그게 어디 자식한테 할 말인가.

……그만하자.

∻

숙소에서 얼마간 쉬고 저녁거리를 사러 윤서와 다시 밖으로 나간다. 잠시 프린시피 레알 공원에 들른다. 해가 지기 전인 5시 무렵이다. 프린시피 레알을 매혹적인 동네로 만드는 데엔 아무래도 이 공원의 역할이 큰 것 같다. 나는 운동화를 신고 집에서 조금만 걸어가면 공원이 나오는, 그런 동네를 깊이 사랑한다. 프린시피 레알 공원은 아담하지만 인근 주민들의 휴식 공간으로서는 충분하다. 커다란 야자나무가 곳곳에 늘어서 있고 19세기에 만들어진 저수지와 수로를 견학할 수 있는 시설, 어린이 놀이터와 야외 테이블을 갖춘 녹색 지붕의 카페 겸 키오스크도 있다.

그러나 프린시피 레알 공원의 진정한 주인공은 공원 가운데에 자리한 140년 된 삼나무다. 이 삼나무는 사시사철 천연 파라솔 역할을 하고 나무 아래로는 둥그렇게 놓인 벤치들이 사람들을 맞이한다. 가지가 너무 많이 자라 굵은 철사망으로 지탱시켜줘야 할 정도니 그 모습은 가히 장관이다. 매주 토요일 오전 10시부터 오후 2시까지는 이곳에서 오가닉 마켓이 열

린다. 탐스럽고 싱싱한 제철 채소와 과일, 올리브, 다양한 종류의 빵과 치즈를 판다. 빵과 치즈, 과일을 사 가지고 나무 그늘 아래에서 먹으면 참 좋을 것 같다.

삼나무 아래 대여섯 개 벤치는 이미 다른 사람들이 차지하고 있어서 우리는 저 안쪽 어린이 놀이터 앞에 자리를 잡는다. 가까이 다가갈수록 어린아이들이 참새처럼 귀엽게 재잘거리는 소리가 커져간다. 다섯 살이 채 되지 않은 아주 어린 아이들이라 엄마나 베이비 시터가 곁에서 항시 노는 모습을 지켜보고 있어야 한다. 윤서는 아이들이 귀여운지 자리에서 일어나 아예 놀이터 울타리 앞에 서서 그 모습을 바라보고 있다. 나는 아까 숙소에서 엄마 생각으로 너무 감정적이 되어버린 나머지 머리가 조금 아프다. 일부러 곱씹으려고 했던 건 아니었는데 자꾸 생각이 났다. 서서히 오늘 몫의 노을이 지고 있다. 엄마가 예전에 해준 이야기가 무심결에 또 떠오른 것은 서쪽 하늘은 연노란색으로, 동쪽 하늘은 산호색으로 물들어가기 시작하던 무렵이다.

그녀가 국민학생이었을 때 학급 전체가 스케이트장으로 야외 학습을 가게 되었는데 외할머니한테 스케이트 장비를 사달라는 말을 도저히 꺼내지 못하고 끙끙 앓다가 결국 반에서 혼자만 가지 못했다는 얘기.

"돈 달라는 말이 그렇게 입 밖으로 안 나오더라고."

외할머니는 내가 아는 가장 선하고 인자하신 분이고 엄마네 집은 당시 가난하지도 않았다. 그 이야기를 들었을 때 나는 엄마에게서 나의 모습을 발견한 것 같아 어쩐지 속으로 조금 기쁘기도 해서, 묘하게 감미로운 감정에 빠졌다. 그러니까 어떤 면에서 나는 엄마를 닮았다,라는 동질감의 확인. 어른에게 의지하는 방법을 모르는 어린이. 어른보다 더 어른의 감정을 빨리 알아채는 어린이. 어른을 귀찮게 하거나 상처 주기 싫어서 거짓말을 하는 어린이. 어떻게든 자기 힘으로 해결해보려고 하는 어린이. 그게 잘 안 되면 혼자 숨어서 무너지는 어린이. 그러고는 꾸역꾸역 소화시켜 어떻게든 추스리는 어린이. 말을 하지 않는 어린이.

미술평론가이자 소설가인 존 버거는 리스본을 두고 "망자들의 특별한 정거장"이자 "이곳에서 망자들은 다른 도시에서보다 더 과감하게 그 모습을 드러낸다"라는 말을 남겼다고 하는데, 자꾸 이렇게 엄마에 대한 일들이 떠오르는 걸 보면,

그의 말이 맞는 것도 같다. 실제로 영국인인 존 버거도 무더운 5월 말 리스본의 한 광장(나지막한 우산 모양으로 뻗어나가는 향나무가 백 명은 족히 들어갈 그늘을 만든다는 그 광장은 프린시피 레알 공원임이 분명하다)에서 십오 년 전에 죽은 어머니와 조우했다고 하니. 프린시피 레알 공원을 훗날 기억할 때, 나는 아마도 그날 그곳 벤치에 앉아 느꼈던 선선한 바람의 감촉이나, 눈앞에 펼쳐진 부드러운 빛깔의 노을, 멍하니 마음에 담아둔 어떤 상념들을 놓아주었던 것, 그로 인해 가슴 한편에 느꼈던 통증의 감각들을 선명하게 떠올리며 애틋해하겠지. 마침내 언젠가는 내가 보았던 풍경조차 희미해질 정도로 모든 것을 잊게 되겠지만.

밤늦게 한 침대 안에서 부드러운 흰색 이불을 나눠 덮고 잠을 청하기 전, 나는 어둠 속에서 딸아이에게 질문을 해본다. 눈에 보이지 않으면 조금 더 솔직하게 대답해줄 것만 같아서.

"윤서야, 엄마가 그동안 윤서에게 상처를 준 적이…… 있니?"

"응."

너무도 스스럼없이 바로 나온 대답에 놀라지 않았다고 하면 거짓말일 것이다.

"그때…… 많이 속상했니?"

"조금……?"

"속상해서 어떻게 했어?"

아이는 이번에는 잠시 뜸을 들이고 나서 말을 이어간다.

"……그냥 있었어."

"엄마가 화낼까봐 그랬구나."

"……응."

정신이 아득해진다. 이 순간 내가 무엇을 할 수가 있었을까.

그저 아이에게 미안하다고 말하며 옆으로 꼬옥 끌어안는

수밖에.

엄마가 유일하게 만나보지 못한 손녀.

그래서 이름에 외할머니 이름의 '빛날 윤' 자를 따서 붙인

아이.

손바닥으로 그 아이의 톡 튀어나온 이마를 계속 만져주자

어느새 곤히 잠이 들어버린다. 나는 몸을 웅크려 윤서의 목덜

미에 코를 가만히 묻고 쉬이 잠을 이루지 못한다.

깊은 고요

1869 프린시피 레알의 아침은 공용 라운지의 타원형 테이블에서 시작된다. B&B마다 다르지만 이곳은 커다란 한 테이블에 투숙객들이 다 함께 둘러앉아 아침 식사를 하게 되어 있다. 다만 오전 8시부터 낮 12시까지 아무 때나 자유롭게 와서 먹으면 된다. 공용 라운지로 내려가니 키가 작고 앳된 인상의 네팔 청년 마달이 우리를 반갑게 맞이한다. 아침 식사 응대와 객실 청소를 담당하는 직원이다. 한 미국인 커플은 식사를 다 마치고 자리에서 일어나려던 차다.

청결한 흰색 테이블보를 덮은 타원형 테이블 위에는 두어 가지 종류의 치즈와 햄, 흰 빵과 곡물 빵, 키위와 파인애플 등의 과일, 버터와 잼, 우유와 주스 들이 있어, 각자 앞 접시에 덜어 먹으면 된다. 테이블 중앙에는 견과류 케이크가 놓여 있는데, 포르투갈 사람들은 아침 식사부터 케이크를 즐긴다. 마달은 다른 손님들이 식사하고 간 그릇들을 치우더니 내 커피 주문을 받고서 반투명 유리문을 몸으로 밀어 안쪽 주방으로 들어간다. 그러고 보면 리스본에 머무는 동안, 일자리를 찾기 위해 멀리 네팔에서 리스본까지 건너온 젊은 사람들을 적지 않게 보아왔다. 실은 여행 중인 다른 투숙객들이나 리스본에서 나고 자란 현지인들보다 이 도시에 어떤 매력을 느껴 희망을 품게 되었는지, 이주민의 삶이 더 궁금하긴 하다.

체크아웃 하는 손님들을 챙기던 매니저 프란시스코가 일을 마치고 아침 식사를 하는 우리 쪽으로 와서 인사를 건넨다. 어제 우리가 돌아온 저녁 9시 무렵에도 프란시스코가 있었는데 왜 지금 이 시간에도 있지? 왜 이렇게 오랜 시간 일하느냐고 물으니 원래는 매니저 두 명이 교대로 일하는데 다른 매니저가 크리스마스에 며칠 더 붙여 장기 휴가를 떠났다고 한다. 원래 정규 근무 시간은 오전 8시부터 오후 5시까지지만, 이렇게 파트너를 대신해서 바짝 한두 주 분발하면 자기도 나중에

휴가를 길게 붙여서 갈 수 있다고. 본래도 웃는 강아지 상인데 휴가 얘기가 나오니 더더욱 표정이 밝아지는 프란시스코 사르디냐 씨. '사르디냐'는 포르투갈어로 정어리를 뜻하는데 그의 먼 선조가 정어리잡이 선원이라고 상상하니, 이 이상 정겹게 포르투갈스러울 수가 없다. 아침 식사가 끝나갈 무렵 윤서는 걱정스러운 투로 내게 소곤소곤 묻는다.

"오늘은 진짜 거기 갈 거야?"

가기 싫은 티가 역력하다.

"응. 아무래도."

실은 나도 조금 떨리긴 해. 그런데 자꾸 가보고 싶어져.

『페소아의 리스본』에서 에스트렐라 지역의 프라제레스 묘지에 관한 글을 처음 읽고서 나는 실소를 금할 수가 없었다. '프라제레스'의 뜻은 다름 아닌 '기쁨'이니까. '기쁨의 묘지'라니 이건 마치 '행복 요양원' 같은 이름이다. 세상은 이토록 아이러니로 충만하다. 하지만 프라제레스 묘지 정문에 들어간 순간, 어쩌면 기쁨이라는 단어를 쓸 수도 있겠다는 생각이 든다. 이곳의 첫인상은 묘지보다 공원에 가까웠으니까. 화창한 파란 하늘 아래의 프라제레스 묘지는 음울하기보다 온화하다. 키 큰 사이프러스나무가 촘촘히 뻗어 있고 묘지 중앙에는 설탕과자집처럼 아담한 성당도 있다. 포르투갈의 장례식에 쓰이는 각종 물건들이 전시되어 있고 옛날 그대로의 부검실도 있다는데 아쉽게도 오늘은 문이 잠겨져 있어 들어가볼 수가 없다. 묘지는 이 성당을 가운데 두고 양 옆으로 질서 있게 구획되어 있다.

프라제레스 묘지가 둘러볼 만한 가치가 있는 이유는 다른 묘지와 달리 형식상으로 기존에 보지 못한 묘이기 때문이다. 일반적인 무덤이 시신을 관에 넣고 땅에 묻은 후, 그 위에 비석을 세우고 고인의 이름을 새기는 형식이라면 프라제레스 묘지에선 관이 땅에 묻히지 않고 땅 위에 세운 무덤 안에 그대로 안치된다. 묘비에는 주로 고인의 이름과 '~와 그의 가족'이라 새겨져 있고, 리스본 최고의 조각가와 건축가, 제도사와 예술가 등을 고용해서 만들어진 집 모양의 무덤들은 '작품'이라 할 만큼 하나같이 정교하고 아름답다. 서로의 죽음을 배웅하고 죽어서도 함께 안치되는 '가족'이라는 관계, 대체 뭘까. 어떤 가족묘는 유달리 그곳만 밝은 햇살을 듬뿍 받고 있어서 그런지, 마음이 덩달아 따스해지는 기분이다.

입구 가까이의 묘들을 보기 시작할 때만 해도 예술 작품 같았지만 점점 안쪽으로 깊숙이 걸어 들어가면서 생각이 바뀌어 간다. 커다란 유리 창문이 있는 묘들이 하나둘 눈앞에 나타나면서부터다. 누가 아무리 어떤 말로 이곳을 포장하려 애쓴다 해도 종국엔 죽은 자들이 차지하고 있는 엄연한 묘지임을 새삼 깨닫는다. 섬뜩한 느낌을 애써 누르고 뿌연 창문 너머로 들여다본바, 중앙에 성모마리아상이나 고인의 액자 같은 소지품 등을 올려놓은 제단이 있다. 그리고 한쪽 혹은 양쪽 벽면에는 세 개에서 여섯 개 사이의 관이 받침대 위에 놓여 있다. 때로는 아마도 금색이었겠지만 너무 낡아서 황토색으로 변한 것으로 추정되는 천이 관을 덮고 있다. 관 속에는 영구 보존용 특수 용액으로 완벽히 처치해둔 시신이 양복이나 드레스를 입은 채 생전 모습 그대로 안치되어 있다. 관도 마찬가지로 절대 썩지 않는 목재로 만든다. 하지만 내 심장을 서늘하게 하는 것은 관을 열면 보일 고인의 생생한 시신보다도 관이 없는 받침대였다. 후손들은 저 빈 공간을 보며 무슨 생각을 해야만 할까.

어떤 가족묘의 유리창은 깨져 있다. 딱 주먹 크기다. 용기 내어 깨진 틈으로 내부를 들여다보는데 관이 바로 가까이에 보여 후우 불면 먼지가 날릴 것만 같다. 누가 어떤 목적으로 이런 짓을 했을까. 또 다른 가족묘의 유리창은 모조리 부서진 상태다. 그 앞에 서면 '망연자실'이라는 감정이 절로 솟아오른다. 이토록 만신창이 상태로 놔두었다는 것은 더 이상 이곳을 찾는 사람이 없다는 뜻이기도 하다. 인생의 아름다움을 비웃기라도 하듯, 장밋빛 환상 대신 현실을 직시하라는 듯, 안으로 들어가면 갈수록 또 다른 메시지들을 던지는 가족묘들이 이어서 나타난다. 어떤 가족묘의 앞면은 누군가의 증오심이 담긴 듯이, 투박한 나무판자들로 험하게 못질이 되어 있다. 그런가 하면 마치 저주를 영원히 봉인하기라도 하듯이 철문으로 원천 봉쇄한 묘도 있다. 어떤 가족묘의 앞면에는 흉기에 가까운 뾰족한 철창이 켜켜이 둘러져 있다. 그 모습에 깊은 원한이 느껴져 덩달아 호흡이 갑갑해진다.

"건전한 사람은 누구나 사랑하는 사람들의 죽음을 다소간 바랐던 경험이 있는 법이다"라는 알베르 카뮈의 『이방인』에 나오는 문장이 문득 귓가에 맴돈다. 잠시 멈춰 서서 주변을 둘러보니 윤서와 나 말고는 아무도 없다. 그러고 보니 인기척이라고는 아까 입구에서 본 노인 두 명이 다였다. 기온이 12도라도 바람이 세게 불어 더 춥게 느껴진다.

'묘지가 어떻게 재밌어? 묘지는 슬픈 곳이야.'

아침 식사 때 윤서가 했던 말이 머릿속을 스친다.

몇 시간 전까지만 해도 썩 내켜하지 않던 윤서는 그래도 생각보다 의연하다. 내 손을 놓지 않고 미로처럼 복잡한 프라제레스 묘지를 차분히 따라 걷는다. 그나마 윤서가 쉽게 지치지 않을 수 있었던 것은 이곳에서 '미션'이 하나 주어졌기 때문이다. 우리는 아까부터 페소아의 유일한 연인 오펠리아 케이로스Ofelia Queiroz의 묘를 찾고 있다. 처음에는 숨은그림찾기 하듯 묘비에 새겨진 이름을 하나하나 탐색했다. 급기야는 입구에서 가장 먼 반대편 끝의 전망대까지 도달했지만 여전히 오펠리아의 묘를 찾지 못했다. 다시 촘촘히 찾아볼까 싶다가도 으슬으슬한 광경을 몇 군데 보다 보니 이젠 솔직히 다 그만두고 싶은 생각이 든다.

"돌아가자."

단념하고 묘지 중앙의 작은 성당을 지나 정문으로 향한다.

한데 걸어가는 도중에 입구 옆에 있는 컨테이너 박스처럼 생긴 단층 건물 문 앞에서 검정고양이 한 마리를 발견한다. 묘지에 검정고양이? 썩 유쾌한 조합은 아니지만, 오직 둘이서만 거대한 묘지 안을 한동안 방황하면 생명이 깃든 모든 것들이 사랑스럽게 느껴진다. 우리는 마치 자석에 이끌리듯 문 앞을 지키고 의젓하게 앉아 있는 검정고양이에게로 다가간다. 다부진 모습이 퍽 귀여워서 사진을 찍고 싶어 카메라를 꺼내는데 그 잠깐 사이에 고개를 들어보니 고양이가 눈앞에서 사라지고 말았다. 건물의 문틈 사이로 쏙 들어가버린 걸까.

어느새 호기심에 나는 머리를 문틈으로 들이밀고 내부를 살피고 있다. 그 안은 지극히 평범한, 어디에나 있을 법한 사무실이다. 여러 개의 사무용 책상 위엔 탁상 달력과 전화기가 놓여 있다. 중간중간 화초도 있고 한쪽 벽면에는 복사기 등의 사무용 기기들이 있다. 다만 다른 사람들의 모습은 보이지 않고 초로의 여성 직원 한 분이 전화 통화로 일을 처리하는 중이다. 벽에 걸린 포스터나 통화 내용을 미루어 짐작해볼 때, 이곳은 미처 있을 거라고 생각지 못한 프라제레스 묘지의 '현대적인' 사무실이었다. 반가움에 안도의 한숨을 내쉬는데 사무

실 안에서 예의 그 검정고양이의 울음소리가 났다.

먀—

오른쪽 구석에 놓인 방문자용 소파 틈새에서 나온 아까 본 검정고양이가 마치 이곳이 자기 집이라고 소개하는 양, 우리 앞을 유유히 지나간다. 만약 이 고양이가 눈앞에서 갑자기 사라지지 않았다면 이 사무실을 발견할 일은 없었겠지. 검정고양이는 우리의 무언가를 꿰뚫어보고 자기만이 할 수 있는 방법으로 이곳까지 안내를 해준 것일까.

먀—

어느새 통화가 끝난 직원분이 자리에서 일어나 이쪽으로 건너온다. 그러고는 몇 분 후, 흑백으로 출력한 프라제레스 묘지 지도를 한 부 가져와 오펠리아의 묘 위치에 빨간색 펜으로 동그라미를 쳐준다.

지도를 유심히 살펴보면서 조심조심 놓칠세라 아까 걸어

나온 길을 거꾸로 거슬러 들어가고 있다. 갈림길에 잠시 멈춰서서 눈앞에 보이는 길과 지도를 대조하고 있는데 불쑥 캐주얼한 옷차림을 한 중년 남자가 나타났다. 검정색 점퍼와 청바지, 갈색 워커 슈즈 차림에, 가슴에 단 명찰에는 '루치니오 피달고Lucinio Fidalgo'라고 적혀 있다. 이곳의 책임자라며 활달하게 웃으면서 자기소개를 한다. 지극히 평범한 회사원의 인상이다. 별일 없는 한 일찍 퇴근해서 가족들과 오손도손 둘러앉아 저녁 식사를 하고선 식후엔 캔 맥주를 마시며 축구 경기 중계를 보다가 잠드는 것이 하루의 소소한 낙일 듯한 그런 느낌. 나는 대체 공동묘지의 관리 책임자에게 어떤 모습을 기대했던 것인가. 검정색 타이와 정장? 베이지색의 작업복? 스티븐킹 소설을 너무 많이 본 게 분명하다.

"제가 도와드릴게요. 따라오세요."

묻지도 않고 그는 우리가 어디에 가려는지 알고 있다. 아마도 아까 사무실에서 지도로 안내해준 직원의 이야기를 듣고부랴부랴 여기까지 쫓아온 것 같다. 성큼성큼 보폭도 시원시원하니 이번에는 우리가 빠른 걸음으로 그의 뒤를 쫓는다.

페소아의 연인 오펠리아의 묘를 찾아가는 도중, 그는 페소아의 할아버지와 어머니, 심지어는 외가 식구들의 가족묘까지도 알려준다. 그의 안내가 아니었다면 알 턱이 없었겠지만 한편으로는 우리가 반드시 알아야만 하는 정보인지 애매하긴 하다. 다만, 시인 페르난두 페소아가 너무나도 압도적인 국민적 영웅이 되어버려 그의 친인척들마저도 이곳에 묻히는 특혜를 누리게 된 것인지, 혹은 원래 그전부터 이곳에 모신 건지는 조금 궁금해서 물어보려던 찰나, 바로 목적지인 오펠리아의 묘에 도착해 타이밍을 놓치고 말았다. 아니, 정확히는, 오펠리아의 묘를 보고 내가 너무 놀라서 물어본다는 것을 깜빡 잊은 것이다. 속으로 몹시 당황해하고 있는 사이, 그는 예의 그 호인의 미소를 지어 보이며 바로 온 길을 돌아서 성큼성큼 걸어간다.

프라제레스 묘지의 여러 갈래길 중 한 곳에 위치한 오펠리아의 묘는 자세히 보지 않으면 무심결에 지나쳐버릴 만큼 작디작다. 높이는 성인 무릎에도 채 못 미칠 정도고, 폭도 겨우 방석 하나 크기다. 그러나 또 한편으로는 그저 지나쳐버릴 수가 없는 묘였다. 지나쳐도 '방금 그게 뭐였지?' 싶어 되돌아와서 볼 수밖에 없다. 왜냐하면 작은 묘에 비해 상대적으로 커다란 사진이 붙어 있고, 내가 두루 돌아다니면서 지켜본 바에 의하면 이곳 어디에도 사진이 세공되어 들어간 묘는 존재하지 않았다. 작고 초라한 무덤을 두른 뾰족한 쇠창살이 자아내는 위압감 때문이기도 하다.

흑백사진 속의 젊은 오펠리아는 넓은 이마와 단발머리, 짙은 눈썹과 지적인 눈매를 가지고 있다. 굳게 다문 얇은 입술에서 강한 의지의 성격이 은연중에 드러나는 것만 같다. 그러나 오펠리아의 사진은 어떤 각도에서 보아도 쇠창살 끝에 찔려 마치 속으로 피를 흘리는 것처럼 보인다. 사실, 몹시도 아픈 사랑이었을 것이다.

또 한 번의 반전처럼, 묘비 아래에는 흉기와도 같은 쇠창살과는 전혀 어울리지 않는 사랑의 문장이 새겨져 있다. 두 사람이 주고받은 연애편지에서 발췌한 문장들이다.

"난 정말 오펠리아가 너무 좋아요. 당신 같은 품성을 지닌 사람을 만날 수 있어서 너무 감사하며, 당신이 아니라면 결혼할 생각이 없어요."

Gosto muito-mesmo muito-da Ofelinha. Aprecio muito-

muitíssimo-a sua índole e o seu chárácter. Se casar não casarei
senão consigo.

- 페르난두 페소아

　페소아가 오펠리아에게 써 보낸 메시지에서 어렴풋이 감지
할 수 있듯이, 그는 사랑하기 쉽지 않은 남자였을 것이다. 연
애가 서툴고 늘 외로움을 체화하며 살아가던 남자. 글을 쓰기
위해 자기 안으로 침잠해야만 했던 남자. 지나치게 술을 많이
마시던 남자. '당신이 아니라면 결혼할 생각이 없어요'라고는
하지만 끝내 결혼이라는 제도를 부정한 남자. 그러니 '당신이
아니라면 결혼할 생각이 없어요'라는 문장은 애초에 의미를
상실한다. 사랑하는 남자의 우유부단함을 인내심으로 견디며
기다리던 오펠리아에게 먼저 이별을 고한 것도 페소아였는데,
하필이면 사후 이 나라에서 가장 유명한 시인이 되는 바람에,
국민 시인의 유일했던 연인으로서 원치 않은 세간의 관심을
오랜 세월 감당해야 했을 것이다. 그것도 두 사람의 아름답고
낭만적인 이야기만이 소비되는 방식으로 말이다. 사랑하는 남
자로부터는 '너를 사랑하니까 그만 놔줄게' 같은 말을 들어야
했지만 정작 온 국민은 그녀를 놓아주지 않는 아이러니. 작가

를 사귀는 일은 이토록 위험천만하다.

사랑이란 '그럼에도 불구하고'인 것일까. 페소아의 메시지 위에 새겨진, 오펠리아가 연애편지에 쓴 문장을 읽다 보면 그녀가 안쓰러워 화난 내 마음마저도 누그러지는 기분이다.

"나는 당신의 입맞춤에 감사하며, 당신에게 많고 많은 포옹을 보내며, 항상 당신의 것."

Agradeço muito muito os teus beijos e envio-te também muitíssimo, e muitos chi-corações muito apertados, da tua, e sempre muito tua.

– 오펠리아 케이로스

Day 8

쉼

Wednesday,
January 9th

일주일이 지나니 어느덧 리스본에 익숙해진 나를 발견한
다. 자다가 중간에 깨도 당황하지 않고, 거리에 나가서도 외
국에 와 있다는 기분이 들지 않고, 필요하다면 간단한 포르투
갈어를 자연스럽게 구사하고 있다. 여행을 다니다 보면 불현
듯 이 여행을 영원히 계속해야 할 것 같은 감각에 아득해지거
나 돌아가야 마땅한 장소가 영영 존재하지 않는 것이 아닌가
싶어 이대로 이곳에서 머물러 사는 상황을 망상한다. 그러나
이제는 24시간 내 옆구리에 붙어 있는 나를 빼닮은 한 여자아
이의 존재로, 이 여행이 끝나면 내게는 돌아갈 장소가 있다는
것을 안다. 윤서는 옆에서 곤히도 자고 있다. 잠을 자는 모습
은 연약한 생명 말고는 가진 게 아무것도 없는 그런 순결함이

있다. 오늘은 마지막 숙소인 인스피라 산타 마르타 호텔Inspira
Santa Marta Hotel로 옮기는 날이지만 체크아웃 해야 하는 12시까
지 충분히 재우기로 한다. 폼발Pombal 광장 인근에 있는 새 호
텔에 체크인 해서도 가급적 아무것도 하지 말고 어디에도 가
지 말고 지내자고 다짐해본다. 일주일째가 되어가는 지금, 나
역시도 조금은 지쳐 있으니까.

　침대에서 몸을 뒤척이며 잠을 더 청해보지만 잠은 오지 않
고 지난 토요일 저녁의 일이 자꾸 생각난다. 소진화 아저씨 댁
에서 저녁 식사를 하고서 아저씨 부부는 우리 모녀를 다시 바
이샤의 호텔까지 태워다 주시기로 했다. 아파트 밖 주차장에
세워둔 차 쪽으로 걸어가는데 아저씨가 갑자기 떠올랐다는
듯이 어둠 속 희미한 가로등 조명 아래 저 멀리 한 아파트를
손가락으로 가리키는 것이었다.
　"아, 맞다! 예전에 임 선생님네 아파트가 저기야. 경선이는
기억나니?"
　나는 소스라치게 놀랐다. 아저씨가 지금 사시는 동네가 예
전에 엄마 아빠와 내가 살던 리스본 외곽 카르나시드Carnaxide
라는 것만으로도 그립고 반가워서 추억의 흔적을 무엇 하나

라도 찾아보려고 두리번거렸는데 옛날에 살던 아파트가 아직 그대로 있다니. 30여 년이 지났으니 당연히 없어졌을 거라고 생각한 것은 다분히 '한국적'인 사고방식이었다. 한편으로는 내가 다니던 리스본 국제학교가 없어진 것을 알고 일찌감치 포기한 면도 있었다.

리스본 국제학교는 흰색 집이라는 뜻의 '카자 브랑카Casa Branca'라는 애칭으로 곧잘 불렸다. 교사는 전형적인 포르투갈 건축양식으로 지어졌다. 하얀색 외벽과 적갈색 지붕의 아담하고 낮은 건물 여러 채로 구성되어 있었고, 처마 밑엔 부겐빌레아 꽃나무가 흐드러지게 피어 있었다. 유치원부터 고등학교 3학년까지, 한 학년당 반은 하나, 반마다 스무 명 가량의 학생이 재학했던 가족 같은 학교였다. 교장 선생님은 항상 'Small can be beautiful'이라고 말씀하셨다. 큰 기대는 안 했지만 혹시나 해서 아무리 검색해보아도 리스본 국제학교는 흔적도 없이 사라져 있었다. 조금 더 인내심을 가지고 찾아보니 정확히는 학생 수가 줄어들어 폐교 위기가 있었고, 1994년에 개인 운영에서 재단 운영으로 바뀌면서 학교 이름과 부지가 바뀌었다는 것을 알았다. 새 캠퍼스는 규모도 크고, 최신식 설비를 갖춘 데다, 무엇보다도 '학교'다웠지만 더 이상 '카자 브랑카'나 '작은 것이 아름답다'라는 표현은 쓸 수가 없다. 방과 후에 아이를 데리러 온 아빠가 담임 선생님과 농구공 넣기 게임을 시작하고, 그것을 지켜보던 고등학생들이 합세해서 본 시합이 되어버려 이윽고 교장 선생님까지 나와 응원하는 교정의 풍경은 아마도 이젠 보기 힘들 것이다.

아, 아빠와 농구 게임을 하고, 귀에 늘 볼펜을 꽂고 다니던 우리 금발머리 담임, 존 선생님. 그는 내가 몹시 편애하는 영화 「콜 미 바이 유어 네임」의 '올리버'를 참 닮았다. 존 선생님은 3학년 담임이던 아름다운 메리 루 선생님과 목하 열애 중이었다. 어린 마음에 저러다가 결혼하는 거구나 막연히 생각했지만 실제로 그런 것 같지는 않다. 미국인들은 젊음의 한 시절 동안 유럽에서 일하면서 인생의 유예기간을 보내는 것을 꿈꾼다. 교사 자격증을 딴 존 선생님도 아마 그렇게 잠시 리스본에서 낭만적인 생활을 경험하러 온 것일 테다. 메리 루 선생님과의 연애도 '유럽 생활'이 주는 비일상의 일부가 아니었을까. 미국이 가지지 못한 깊은 역사와 문화를 지닌 유럽에서 이삼 년간 청춘과 낭만의 꿈같은 계절을 보내고, 미국으로 돌아가서야 비로소 어른으로서 현실적인 인생을 받아들이는 것.

내겐 사람에 관한 한 몇 가지 복이 있는데 그중 하나가 '선생님 복'이라고 확신한다. 4학년이 끝나갈 무렵 각자가 만든 기념 앨범을 여전히 소중히 간직하고 있다. 앨범 마지막 페이지엔 존 선생님의 다정한 리뷰가 쓰여 있어 틈날 때 가끔 그 메시지를 들여다보곤 했다. 이번 여행에는 일부러 함께 데리고 왔다. 트렁크에서 그 거칠거칠한 수제본 책을 꺼내 종이 빛깔이 바래진 마지막 장을 펼친다. 선생님의 따뜻한 말 한마디는 어쩌면 이토록 한 사람의 평생에 걸쳐 위안을 주는 것일까.

"Remember your year here with affection."

하도 많이 읽어서 달달 외우고 있는 존 선생님의 마지막 문장이 오늘따라 유독 사무친다. 나는 그만 충동적으로 침대에서 몸을 일으켜 세우고 만다.

"정확한 주소는 Rua Ten. General Zeferino Sequeira.
택시로 간다면 'Avenida de Portugal No. 2. Carnaxide'라고 말

할 것.

　약도도 첨부할게요."

　소진화 아저씨의 답신을 기다리는 동안, 나는 이미 외출할
차비를 마친다. 그래봤자 세수를 하고 어제 입었던 옷을 다시
한번 입는 것. 윤서의 귓가에 엄마 잠시 나갔다 오겠노라고,
더 푹 자고 있으라고 속삭이자 윤서가 눈을 감은 채 고개를 끄
덕인다.

　어쩌다 보니 리스본에 와서 처음 누리는 나 혼자만의 시간
이다. 매니저 프란시스코가 신뢰할 만한 택시 회사에 연락해
서 내 사정을 설명해준다.

　"최대한 빨리 돌아올게요."

　프란시스코를 향해 말했지만 사실 그건 2층 방에서 자고
있는 윤서를 향한 다짐이다. 혹시나 외곽 고속도로가 막혀서
너무 오래 걸리면 어떡하나, 체크아웃 해야 하는 12시까지 숙
소로 돌아오지 못하면 어떡하나 조바심이 생기면서도, 지금

이 아니면 영영 못 가볼 것 같은 직감이 드는 걸 어쩔 도리가
없다. 최소한 사십 분은 걸릴 거라 생각했는데 택시는 거짓말
처럼 십오 분도 채 걸리지 않아 옛날 아파트 앞에 당도한다.
당연한 얘기지만, 환한 아침 햇살 아래로 보이는 옛 동네는 며
칠 전 밤에 멀리서 보았을 때와 느낌이 완전히 다르다. 택시
안에서 뒤적이는 4학년 기념 앨범에 수록된 일기에는 내가 살
던 아파트에 대한 묘사가 이렇게 적혀 있다.

"카르나시드에는 아파트가 많다. 그중 하나는 내가 사는 아
파트인데 현대적이진 않고 무척 오래되어 보인다. 내가 사는 아
파트는 언덕에 있고 카르나시드의 모든 건물들 중에서 가장 높
은 곳에 있다. 우리 집은 4층이다. 거실과 부엌, 다이닝룸이 있
고 방 두 개와 화장실이 기다랗게 있다. 창문을 열면 바람이 많
이 분다. 내 방엔 햇볕이 들지 않는다. 방에는 거울이 하나 있는
데 조금 이상하다. 거울 안을 들여다보면 내 얼굴이 못생겨 보
인다."

훗. 거울 안을 들여다보면 네 얼굴이 못생겨 보이는 게 아
니라 네 얼굴이 그냥 못생겼던 거야. 윤서도 요새 말끝마다

못생겼다고 한탄이던데 이런 것도 유전일까, 아니면 그 나이대의 평균적 경향인 걸까. 택시 뒷좌석의 창문을 반쯤 내리자 온화한 바람이 뺨과 이마를 스친다. 두 눈을 잠시 감아본다. 나는 내가 지금 무엇 때문에 마냥 싱글벙글 웃고 있는지도 모르겠다.

　오늘도 쨍하니 화창한 날. 바람에 나부끼는 키 큰 나무들. 저 나무들도 예전에는 나처럼 작았으리라. 택시가 아파트 앞에 멈춘다. 혼자니까 마음 놓고 아파트를 탐험해본다. 우선 아파트 주변부터. 당시 우리 아파트는 언덕에 있는 유일한 고층 아파트였지만 어느새 그 뒤로 꽤 규모가 큰 단지가 생겼다. 아파트 1층 반투명 유리문으로 그 안의 엘리베이터와 우편함을 훔쳐본다. 현관 앞에는 장미꽃 덤불이 심어진 작은 정원뿐 무엇 하나 특별할 게 없었지만 내 눈에는 더없이 빛나 보인다. 고개를 젖혀 아파트 4층 창문을 하나하나 유심히 살펴본다. 내 방 창문은 어느 것이었을지 기억나지 않지만 그래도 저 중에 하나다.

　현관 앞을 지나 아파트 주변을 천천히 한 바퀴 돈다. 나의 그림자도 나를 따라 돈다. 한때는 이 아파트 앞으로 나이 든

양치기 아저씨와 수십 마리 양 떼가 지나갔더랬다. 지금 이 글을 읽는 당신은 말도 안 된다고 생각하겠지만 그 당시 나는 정, 말, 로, 내 두 눈으로 꼬질꼬질한 차림새의 양치기 아저씨가 몸에 먼지가 묻어 털이 회색에 가깝던 양 떼 수십 마리를 휘휘 몰고 지나가는 것을 입을 떡 벌린 채 지켜보았다. 어쩌면 우리 아파트를 지나 조금만 더 가면 내가 모르는, 저 양 떼가 배불리 뜯어 먹을 수 있는 풀밭이 있었을지도 모른다. '무슨 소리야, 넌 전 남자 친구들 이름도 다 까먹는 애잖아'라며 여자 친구들이 나를 야유할지도 모르지만.

마치 영역 표시를 하려는 강아지처럼 주변을 한 바퀴 돌고 나서 자동차가 오가는 대로와 그 양옆으로 띄엄띄엄 늘어서 있는 저층 건물들을 내려다본다. 언덕배기에 있던 우리 아파트부터 시작되는 이 동네의 완만한 경사를 나는 몸으로 기억한다. 아침에 일어나 등교하는 내 작은 몸과 두 발바닥은 15도 각도로 기울어 서서히 하강하듯 기분 좋게 바람을 가르며 앞으로 걸어나갔다. 완만하지만 엄연히 경사였기에 발걸음이 빨라질수록 가속도가 조금씩 붙어 더 신났던 것 같다. 하루하루를 이런 기분으로 시작할 수 있다면 얼마나 좋을까.

주로 오른편의 상가 보도를 걸어 학교에 갔다. 보아하니 지금은 1층에 제과점과 잡화점, 카페 등 깔끔한 가게들이 입점해 있지만 당시에는 정육점이 있었다. 통유리창 너머로 S자 꼬챙이에 꿰여 천장에 매달려 있던 토끼 고기의 형상이 그렇게 무서울 수가 없었다. 인근에 홍콩인 친구 마리아가 이혼한 엄마와 단둘이 살아서 곧잘 함께 등하교를 했다. 여름에는 상가마다 야외 테이블에서 제철 정어리를 지글지글 구워주는 식당이 반드시 있었다. 나는 야외 테이블에 앉아 갓 구운 정어리와 삶은 달팽이를 먹고 엄마와 아빠는 포르투 와인을 마셨다. 정어리구이의 숯불 연기는 그야말로 엄청나서 동네 주민들이 연기를 피해 눈을 찡그리며 지나갔지만 그러면서도 힐끔힐끔 '맛있겠다' 하는 시선을 주었던 것도 같다. 어슴푸레 핑크빛으로 노을이 지던 풍경을 기억하는 것을 보면 아마도 저녁 8시쯤이었을 것이다. 해가 9시가 되어서야 지던 기나긴 리스본의 여름날이었다.

　내가 인생에서 이룬 얼마간의 성취 같은 게 있다면 그것은 아마도 성장기 시절의 외국 체류 경험 덕분일 것이다. 다양한 문화적 배경을 가진 여러 나라들에서 예민했던 성장기를 보낸 일이 나의 정체성의 거의 모든 것을 이루었다고 이제는 인정하지 않을 수가 없다. 특수한 환경에서 컸다는 사실은 그런 특수함이 없는 환경에서 자란 윤서를 보면서 깨달았다. 태어나서 한결같이 한 동네, 한 집에서 성장한 윤서에게 내가 보고 느끼는 모든 것들을 자연스럽게 이해해주기를 기대하는 것이 무리라는 것도 안다. 오히려 나야말로 소설 『위대한 개츠비』의 첫 문장을 마음에 항상 새겨두기로 결심한다. "누구를 비판하고 싶어질 땐, 세상 사람이 다 너처럼 좋은 조건을 타고난 건 아니라는 점을 명심"할 것을. 나는 항상 내가 거쳐온 길이 복잡하다고만 생각해왔다. 지나고 보니 그것은, 아무리 그 대가를 치러야 한다고 해도, 분명히 감사해야 마땅할 특수한 환경이었다. 특히나 리스본에서 보낸 1년 동안 내가 느끼고 경험한 것들은 말이다. 처음으로 언어가 하나도 통하지 않는 경험, 첫 대서양, 첫 그을림, 첫 유럽, 첫 다인종 친구들, 그리고 처음 느끼는 자유와 본능의 감각, 그 모든 것들이.

한낮이어도 여전히 꿈속에 있는 것만 같다. 고개를 뒤로 젖히고 별다른 특징도 없는 한 아파트를 우두커니 서서 조금 더 바라본다. 내 앞을 오가던 주민들이 그런 나를 오히려 더 신기하게 쳐다본다. 이젠 슬슬 가봐야 한다는 걸 알지만 발길이 떨어지질 않는다. 그래도…… 이렇게 마음이 이끄는 대로 하길 잘했다. 이곳에 다시 찾아오기를 잘했다. 변함없이 그 자리에 남아 있어주는 그 무언가를 만난 일은 내게 고요한 위안을 선물로 안겨주었다. 세상에는 가까우면서도 먼 장소라는 게 있다. 그것은 언젠가는 반드시 돌아가야 할 장소들이다.

사우다지의
시간

환상을 안겨주는 것은 언제나 '일상'의 장소들이었다. 여행을 가면 더더욱 그랬다. 현지의 주택가나 공원, 동네 서점에서 머물다 보면 그 이전까지의 과거는 다 삭제된 채, 오래전부터 그곳에 살고 있었고 그 장소들이 내 삶의 일부였다는 착각에 빠진다. 나는 내가 낯설게 느껴지지만 그 낯설음 속의 감미로움을 즐긴다. 그와 반대로 관광 명소에 가면 내가 외국인 관광객이라는 실감만 더 강하게 느낄 뿐이다. 어쩌면 떠나온 곳에 그대로 벗어두고 오고 싶었던 그런 본래의 모습 말이다.

여행지에 소재한 대학 캠퍼스를 산책하고 구내식당에 들러 대학생들 틈바구니에서 점심 식사를 하는 것도 내가 오래도록 편애해온 '환상 체험'이다. 지금 가고 있는 리스본 대학은 30여 년 전에 그가 유학생으로 적을 두었던 곳이라 조금 더 남다르게 다가온다. 그는 1981년부터 1982년까지 리스본 대학의 포르투갈어문학 교육기관 ICLP(Instituto de Cultura e Lingua Portuguesa)에서 2년간 공부했다. 요코하마 총영사관 파견 근무와 귀국 후 외무부(지금의 외교부) 근무를 거친 다음 행보였다. 그는 이곳에서 배운 포르투갈어를 토대로 훗날 브라질의 수도 브라질리아 주재 한국 대사관과 상파울루 주재 총영사관에서 근무한다. 포르투갈어는 전 세계에서 여섯 번째로 많이 사용되는 언어이자 8개 나라의 모국어이기도 하다.

내가 다니던 작고 하얀 학교가 이제 더 이상 그 모습으로 남아 있지 않다는 것을 알게 된 후, 더더욱 그가 다니던 학교만큼은 제대로 만나고 오고 싶었다. 행여나 중요한 정보를 놓치는 실수로 허탕 치고 싶지 않았다. 리스본 대학 캠퍼스는 원체 방대하기도 하거니와 여러 곳에 흩어져 있는 것도 내가 사전에 ICLP 담당자에게 미리 이메일을 보낸 이유였다. 누가 열어볼지도 모르는 공식 문의 계정에 지나치게 사적인 이야기, 아니 넋두리를 써서 보내는 것이 아닐까 싶어 '보내기'를 누르기가 잠시 주저되긴 했지만, 작년에 세상을 떠난 그의 발자취를 따라 그를 추억하고 싶다는 이유야말로 정확한 방문 목적이었다. 그리고 재차 확인하고 싶었다. 1981년 당시, 외국인 유학생들에게 포르투갈어를 가르쳤던 대학 캠퍼스는 예전 장소 그대로 남아 있는지, 외부인이 방문해도 되겠는지 말이다. 나의 소심한 우려가 무색하게 며칠 후 나는 '클라우디아 다마소'라고 자신을 소개하며 시작하는 더없이 다정한 회신을 받을 수 있었다.

"경선 임 씨에게,

멀리서 기별을 주어서, 그리고 당신의 아버지에 관한 추억을 우리와 공유해주어서 고맙습니다. 네, 우리는 그 시절 그대로 그 자리에 아직 있답니다. 비록 주중 오전 10시부터 오후 1시까지 뿐이지만, 예술인문대학 캠퍼스를 방문자 자격으로 둘러볼 수 있습니다. 곧 만나요."

그 시절 그대로, 그 자리에 아직 있다는 말에 왜 그리도 북받쳤는지.

이 시절의 그가 특별한 것은 이때만큼 본연의 자유로운 모습이었던 적이 없었던 것 같아서다. 그 무렵 그는 갓 마흔 살. 자식 둘과 연로하신 부모님을 고국에 두고 왔다고 해도 어찌 되었든 당시 그의 신분은 엄연한 '유학생'. 그것도 포어권 외교관으로서 필요한 어학 실력을 갖추라고 나라에서 보내준 유급 유학생에, 학위를 따야 할 부담도 없으니 그야말로 선물처럼 주어진 인생의 호시절이었다. 양복은 단 한 번도 입을 필요가 없었다. 온화한 포르투갈 날씨에 걸맞게 그는 주로 옥스포드 셔츠와 면 바지 차림에 밝은 색상의 울 스웨터를 어깨에 두르고 대학에 다녔고 귀가해서는 아바와 리처드 클레이더맨 음악을 듣거나 주말에는 카메라를 들고 꽃 사진을 찍으러 갔다.

나중에 '유학생의 아내'로 합류한 엄마도 평소와는 다른 모습이었다. 다른 나라에 살 때는 항상 지나치게 예민하고 꼼꼼했고, 늘 뭔가에 쫓기며 사는 분위기를 풍겼다. 나는 리스본에 있었을 때만큼 '풀어져 있던' 엄마의 모습은 전후로 본 적이 없다. 리스본의 한 시절은 어쩌면 부모님의 인생에서 허락받은 유일한 안식년이었을지도 모르겠다. 아마도 당신들은 알았

을 것이다. 그래서 더더욱 지금 이 순간만큼은 '현재'를 유유
자적 즐기자는 마음이 있었겠지. 당시 엄마도 반년간 남편을
따라 리스본 대학의 어학당을 다니며 포르투갈어를 조금 배
웠다. 두 사람은 캠퍼스 커플이었겠구나. 집에만 있지 않고 열
심히 공부하러 다니는 엄마의 모습이 좋아 보였다. 게다가 두
사람이 아무리 바빴다 하더라도, 일말의 스트레스도 없었을
것이다. 학교에 가서 다른 젊은 학생들과 포르투갈어를 배우
는 것 말고는 아무런 의무가 없는 곳. 기나긴 여름방학이 시작
되면 자동차에 먹을 것을 한가득 싣고 내키는 대로 유럽 여행
을 다닐 수 있는 곳. 생각을 비우고 시간을 흘려보내듯 살아도
누가 뭐라고 하지 않는 곳. 우리들의 리스본은 바로 그런 곳이
었다.

리스본 대학 캄포 그란데Campo Grande 캠퍼스는 시내 중심
에서 생각보다 꽤 먼 곳에 있었다. 엄마와 내가 아빠의 유학
생활 2년차 때 합류하고서 몇 달 후, 가을 새 학기가 시작하기
전에 우리는 시내 한복판에 있던 아파트에서 나와 외곽의 카
르나시드로 이사를 갔다. 내가 다닐 국제학교가 카르나시드에
있었기 때문이다. 택시를 타고 한참 오면서 딸의 학교 때문에

저 멀리 카르나시드에서 매일 이 시간만큼 운전해서 학교를 다녀야 했던 그의 마음을 생각한다. 당신이 불편함을 감수하더라도 자식만큼은 편하게 학교를 다니게 하는 일은 어쩌 보면 부모로서 당연한 책무일지도 모르지만 나는 괜스레 가슴이 먹먹하다.

햇살은 뜨거운데 바람은 제법 차다. 그가 수업을 들으러 다녔을 인문대학 마당에는 오렌지나무들이 두루 심어져 있고 한편에는 보라색 붓꽃이 한가득 피어 있다. 외벽에는 페르난두 페소아를 비롯해 여러 종류의 벽화가 그려져 있다. 교정 사이를 서성였을 그의 모습을 상상해본다. 언젠가 건물 입구 앞 계단에서 붉은색 브이넥 스웨터를 입은 그가 유일한 동양인으로서 여러 피부색의 유학생들과 함께 찍은 단체 사진을 본 적이 있다. 아마도 ICLP에서 운영하는 PFL(Portuguese as a Foreign Language) 프로그램을 듣던 유학생들이었으리라. 그에겐 가깝게 지내거나 점심을 같이 먹을 친구가 있었을까. 타향살이의 외로움, 동병상련을 나눌 친구가 있었을까. 30여 년이 지난 지금도 동양인 학생은 거의 보이지 않는데 그 옛날에는 오죽했을까 싶다.

건물 안으로 들어가본다. 안내소 주변을 왔다 갔다 하며 시간을 보내는 경비원과 반질반질 잘 닦인 어둡고 냉한 기운의 긴 복도, 벽면 게시판과 그 위에 핀으로 고정된 공지 사항이나 모집 요강 문서. 터틀넥 스웨터에 발목까지 오는 부츠를 신은 인문대의 조용한 여성 교직원. 향수를 불러일으키는 익숙하고도 차분한 정경. 그러나 이미 내게는 과거에 지나온 장소다. 대강당과 몇 개의 강의실을 지나니 파티오가 보인다. 건물의 중간을 이렇게 공백으로 비워놓았다 해도 결코 무용지물의 공간이 아닐 것이다. 기린보다도 키가 큰 야자수가 시원하게 뻗어 있는 파티오는 이루 말할 수 없는 자유로움과 안도감을 동시에 느끼게 해준다. 지금은 흰색 간이 테이블이 접혀 있지만 서서히 날씨가 따뜻해지면 학생들은 저곳에서 옹기종기 모여 앉아 얼마나 많은 고민과 희망을 나눌 것인가.

이제 점심 먹으러 가볼까,라고 윤서에게 물으니 힘찬 '응'이 되돌아온다. 바보 같은 질문이었다. 이 아이는 거의 항상 배고픈 상태인데. 그나저나 대학교 구내식당의 분위기는 어느 나라나 참 비슷하다. 손으로 쓱쓱 써 붙인 특별 메뉴 광고. 한창 먹을 나이인 학생들의 허기를 채우기 위해 우선 가격이 저

렴해야 할 것이다. 젊은 학생들의 활기를 감당해야 하니 구내식당 아주머니들은 목소리도 우렁차고 아무튼 터프하다. 아니면 젊은 기운을 일상적으로 받아서 터프해지는 건가. 빈자리를 잡고 주문형 뷔페 스타일인 구내식당 '오늘의 메뉴'를 구경한다.

✤ 오늘의 메뉴

으깬 검정콩 수프 Sopa de Feijão

도미찜과 백화채과 Dourada Braseada & Alcaparra

페이조아다 Feijoada à Transmontana
(돼지고기와 콩으로 만들어 밥을 곁들여 먹는 포르투갈의 전통적인 서민 요리)

카레 야채 볶음 Caril de Legumes

흰쌀밥 Arroz Branco

감자튀김 Batatas Salteada

초콜릿 무스 Mousse de Chocolate

오늘의 메뉴를 읽는 일은 웬만큼 재미있는 책을 읽는 것보다 더 설렌다. 하지만 아침을 먹은 지 오래되지 않아 아주 배고팠던 것은 아니라서 우리는 1인분의 요리를 나누어 먹기로 한다. 왼쪽 끝에 줄을 서서 우선 쟁반에 수저를 담는다. 그다음 순서대로 레일을 따라 오른쪽으로 움직이며 원하는 요리를 유리 너머로 아주머니에게 주문한 뒤, 오른쪽 끝 계산대에서 정산을 하면 된다. 우리는 도미찜과 곁들일 샐러드, 안남미로 지은 흰쌀밥을 담아달라고 부탁한다. 다 합해서 6유로다. 생선 요리를 무척 좋아했던 그는 생선 뼈를 깨끗하게 발라 먹을 줄 아는 남자였다. 또한 한식에 길들여진 여느 한국 남자답지 않게 그는 푸석푸석한 안남미는 물론 한껏 느끼한 서양 음식도 무엇 하나 가리지 않고 잘 먹었다. 양식을 먹을 때 포크와 나이프를 절제된 동작으로 능숙하게 사용했다. 사소하다면 사소하지만 나는 그가 몸으로 체득한 이러한 작은 단정함들이 결코 싫지가 않았다. 그는 엄마와 내가 없었던 1년간, 이곳에서 유학 생활을 하면서 대체 뭘 먹고 살았을까. 잠시 수저를 멈추고 아직은 이른 시간이라 텅 빈 구내식당 테이블들을 두리번거린다. 그의 그림자가 보이는 듯하다. 나야말로 평소 안남미를 좋아하는데 오늘은 밥알이 잘 넘어가지 않는다.

편애하는 보사노바에서 특히 그렇지만 포르투갈어로 쓰인 노래 가사에서 가장 많이 나오는 단어는 아마도 '사우다지 saudade'가 아닐까 싶다. 사우다지는 포르투갈 사람들을 상징하는 대표적인 정서인데 한 나라 고유의 특성이 대개 다른 나라 언어로 명료하게 번역되기 힘들 듯이, 사우다지도 딱 떨어지게 옮길 수 있는 단어가 없다. 그리움. 향수. 애수. 추억. 갈망. 이 모든 것을 합한 그 무엇. 누군가가 내 곁을 떠나고 나서 느끼는 결코 가닿을 수 없는 그리움뿐만이 아니라, 내 안에 머무는, 계속 곱씹게 되는 감미로운 사랑의 감정과 그 안에서 우러나는 달콤한 슬픔. 상실의 고통은 힘겹겠지만 사우다지와 함께라면 먹먹해진 마음은 부드럽게 어루만져질 것이다.

리스본 사람들이 살아온 역사 속에는 늘 사우다지가 함께였다. 유럽 끝자락의 항구도시 리스본과 땅에서 살길을 찾지 못해 바다로 떠난 선원과 어부들. 그들은 가족을 두고 먼바다로 나서며 무사히 다시 집으로 돌아올 수 있을까 두려워하고 바다 위에서는 고향에 대한 향수를 물씬 느낀다. 뭍에는 또 그렇게 떠나는 이를 바라볼 수밖에 없는 남겨진 사람들의 그리움이 있다. 기약 없이 망망대해로 떠난 소중한 사람의 부재를 늘 안고 살아가는 일은 바다를 삶의 터전으로 삼은 서민들의 숙명 같은 것이었다. 포르투갈의 역사에도 사우다지가 스며 있다. 작지만 강했던 대항해시대의 포르투갈은 더 이상 존재하지 않는다. 이제는 과거의 영광을 돌이키며 아련함을 느낄 뿐이다. 유럽에서 가장 가난한 국가로 전락한 포르투갈 사람들은 생활고에 쫓겨 다른 서유럽 국가나 북미의 미국과 캐나다, 특히 남미 브라질로 300만 명 가까이 대규모 이민을 떠나야 했다. 아일랜드를 제외하면 일찍이 유럽에서 이렇게 많은 사람이 이민을 떠난 나라는 없었다. 고향에 남겨진 사랑하는 사람들과 익숙한 음식과 생활 방식을 그리워하는 마음. 낯선 외국 땅에서 고군분투해야 하는 애잔함. 포르투갈 사람들은 어디에 살든 간에 모두가 어떤 형태로든 사우다지를 가슴에 품고 산다. 아니, 사우다지와 함께 기어코 '살아낸다'.

아련한 사우다지의 영혼은 포르투갈의 민중가요, 파두에 응축되어 발산된다. 열 살 때 엄마 아빠와 카자 데 파두Casa de Fado(파두 공연을 즐길 수 있는 식당)에서 찍은 사진을 소중히 가지고 있다. 그날 저녁 조금 멀리 나들이를 간다며 내 긴 머리를 양갈래로 빠짝 묶던 감촉이 여전히 생생하다. 열 살인 윤서에게도 파두를 들려주고 싶었다. 비록 그때의 나처럼 이게 뭐지 싶어 고개만 꺄우뚱하겠지만. 카자 데 파두는 일류 레스토랑 수준의 식사를 즐길 수 있는 곳부터 술 한잔 마시며 서서 듣는 서민적인 술집 스타일까지 종류가 다채롭다. 호텔 컨시어지로부터 추천받은 곳은 세뇨르 비뉴SR.Vinho, 아 세베라A Severa, 오 파이아O Faia, 세 군데였다. 홈페이지를 들여다보니 깔끔하고 널쩍한, 딱 봐도 외국 관광객들을 위한 점잖은 장소라는 느낌이 들었다. 추천해준 이유가 십분 이해가 갔지만 개인적으로는 그보다 조금 덜 세련되고 투박하더라도, 작고 오붓한 본연의 의미를 간직한 카자 데 파두를 찾고 싶었다. 파두는 삶이 고단한 노동자와 선원 들의 마음을 달래주던 수단이었던 만큼, 서민 동네 알파마의 골목길과 술집에서 비롯되었다. 그래서 기왕이면 파두의 태생지, 알파마에서 듣고 싶었다.

직접 여러 곳을 알아본 끝에 파레이리냐 데 알파마Parreirinha de Alfama를 찾았다. 알파마 지역에서 가장 오래된 카자 데 파두로, 파두의 전설 아르젠치나 산투스Argentina Santos가 소유한 곳이라 한다. 파두 박물관에서 엎어지면 코 닿는 데에 있었고,

음식 맛도 좋다는 평이 자자하다.

땅거미가 지고 나서도 한참 뒤인 저녁 8시에 숙소를 나선다. 택시가 내려준 곳은 파두 박물관 건너편의 작은 광장이다. 서너 개의 사잇길이 이어지는데 맨 왼쪽 골목길을 기웃거리며 들어가보았더니 다른 이름의 카자 데 파두다. 표정에 낭패감이 어렸나보다. 그 카자 데 파두의 입구를 지키던 덩치 큰 아저씨가 우리에게 어디를 찾고 있느냐고 물으며 다가온다. 경쟁 가게 아저씨에게 파레이리냐 데 알파마가 어디쯤 있냐고 묻기가 괜히 겸연쩍었지만 목적지 이름을 대니 아저씨는 손가락으로 대략의 위치를 알려주는 게 아니라 '아하!' 하고 외치며 의기양양하게 자기를 따라오라고 앞장서서 걸어나간다.

자, 잠깐만요, 아저씨는 여기 자리를 지키고 있어야 하는 거 아닌가요,라고 사양하고 싶었지만 이미 그는 저만치 광장을 가로질러 가고 있다. 우리는 놓칠까봐 거의 뛰다시피 부랴부랴 쫓아간다. 아저씨는 좁디좁은 세 번째 사잇길로 쏙 들어가더니 그제서야 파레이리냐 데 알파마의 검정색 간판을 손가락으로 가리킨다. 나의 "오브리가다"가 끝나기도 전에 그는 우리에게 "차우!" 하더니 다시 저만치 자신의 일터로 돌아가버린다. 덕분에 헤매지 않아 참 다행이다. 윤서와 나는 서로 얼굴을 마주 보며 빙긋 웃는다. 사소한 친절에 이토록 행복해지다니.

파레이리냐 데 알파마의 바깥 대문을 열고 들어가면 창문에 빨래를 넌 알파마 동네의 모형이 마치 연극 무대 장식처럼 설치되어 있다. 그러고는 실내로 이어지는 또 하나의 문이 나타난다. 두근두근 설레는 가슴을 안고 손잡이를 돌려본다. 스무 명 정도가 겨우 들어갈 법한 좁고 기다란 공간이 보인다. 테이블 간 간격은 겨우 사람 하나가 지나갈 수 있을 정도로 가까이 붙어 있다. 천장도 낮은 편으로 비밀스러운 동굴 안으로 들어온 기분이다. 하얀 벽은 파란색 아줄레주 타일로 장식되어 있고 벽면 상단에는 파두 반주에 쓰이는 다양한 포르투갈 기타와 전통 도자기, 그리고 아마도 이곳에서 노래를 했던 전설의 파디스타Fadista(파두 가수)들의 사진이 빼곡히 걸려 있다. 우리가 안내받은 자리는 한가운데에 있는 2인용 테이블이었다. 윤서를 벽 쪽에 앉게 하고 내가 그 맞은편에 앉았는데 내 뒤로 빈 공간이 마련되어 있는 것으로 보아, 아마 그곳이

파디스타와 비올라Viola(포르투갈 기타 반주자)의 무대가 아닐까 추측해본다.

식사를 마칠 무렵, 연갈색 눈썹과 어린아이처럼 커다란 눈망울, 부드러운 머릿결의 앞머리를 가진 한 남자가 검정색 재킷을 걸치고선 클래식 기타를 움켜쥐며 입구 옆 바 카운터 밖으로 걸어 나온다. 아니나 다를까 내 자리 바로 뒤, 벽면에 의자를 기대놓고 앉아 기타 줄을 조율하기 시작한다. 몇 세대째 이어져온 이곳의 젊은 주인이자 바텐더, 그리고 클래식 기타 반주자인 브루노 코스타Bruno Costa다. 기타를 갖고 놀듯 퉁퉁 튕기는데 전혀 듣기 싫지가 않다. 근사한 일이 곧 벌어질 것 같은 기분 좋은 흥분을 안겨준다. 그리고 몇 분 후. 갑자기 기타 소리가 멈추더니 가게 안의 조명이 일제히 어두워진다. 각 테이블 위에 있는 촛불만이 실내를 고요하게 비추는 가운데 모두가 잠시 하던 걸 멈추고 숨을 죽인다. 암묵적인 침묵이 공간을 채우자 이윽고 그가 저음의 차분한 목소리로 말문을 연다. 처음엔 포르투갈어로, 그다음엔 영어로.

"저희가 알파마에서 파두 공연을 시작한 지 벌써 69년이 되어갑니다. 그 긴 세월에 걸쳐 우리는 매번 공연에 들어가기 전에 같은 이야기를 반복해왔습니다. 예나 지금이나 파두를 들을 때 가장 중요한 것은 바로…… 침묵이라는 점을요. 휴대폰이나 카메라 등의 소리나 플래시가 끼어들면 파두 특유의 분위기가 흩어집니다. 그러니 친애하는 여러분, 지금 이 순간만큼은 오로지 완전한 침묵 속에서 파두에만 집중해주십시오."

기계적으로 반복하는 통상적인 안내 멘트가 아니었다. 그가 진심으로 매번 손님들에게 절실하게 '호소'를 해왔다는 것을 나는 알 수 있었다. 카메라와 휴대폰을 테이블 위에 올려놓고 만반의 준비를 하던 우리 모두가 무안하고 미안해졌다. '숙명'을 뜻하는 라틴어인 'fatum'에서 유래한 파두. 마이크 하나 없이 생목으로 숙명의 고뇌를 승화시킨 애절한 노래를 듣는다는 것은 아마도 그런 것이겠다. 그의 긴 당부가 끝나자 사람들은 약속이라도 한 듯이 침을 꿀꺽 삼키고 조용히 무대에 집중한다. 이윽고 우수에 젖은 기타 선율이 연주되기 시작하고, 저쪽에서 이목구비가 뚜렷한 파디스타가 등장한다. 가슴이 깊게 파인 빨강 드레스에 검정 숄을 두른 그녀가 자리를 잡는다. 어깨 위까지 내려오는 새까만 웨이브 머리와 화려한 반지, 조금 진하게 한 눈 화장.

그녀는 이야기하듯 담담하게 노래를 부르지만 그 안에는 심장을 움켜쥐는 애절함이 듬뿍 스며 있다. 마음속 깊은 곳에 꾹꾹 눌러두었던 그리움과 구슬픔으로 겨우 한숨을 토해내는 지경이다가 몸을 진저리 치며, 울부짖으며, 이내 폭발한다.

파디스타의 감정에 듣는 사람도 휘말려서 마음이 붕 뜬다. 가사를 이해하든 못 하든 일단 들어보면 저절로 이해되는 감정이 있다. 곡 하나하나가 인생의 희로애락을 표현하는 것만 같다. 말미에는 번뇌를 받아들이며 사는 인간의 강인함이 물씬 느껴지며 얹혔던 속이 뻥 뚫리는 카타르시스가 있다. 파두를 제대로 부르고 표현하려면 어느 정도의 인생 경험과 연륜이 필요하다는 말은 일리가 있다. 조명이 어두워지고 이 깊은 침묵 속에서 생생하게 듣는 파두에 울컥하지 않기란 쉽지 않다.

하지만 공연이 끝나고 택시를 타고 호텔로 돌아오는 동안,

그리고 그 후로도 오랫동안 내 안에 뭉클하게 남아 있는 기억은 파두보다도 공연이 시작하기 전, 브루노 코스타가 대수롭지 않은 듯 튕기던 기타 소리와 손님들에게 호소하던 그 '목소리'였다.

　호텔에서 추천해준 고급스럽고 현대화된 카자 데 파두라면 공간도 널찍하고 테이블 간 간격도 충분하고 모든 손님이 골고루 무대를 편하게 볼 수 있게 해놨을 것이다. 요즘 같은 시대에 사진을 찍지 못하게 하다니, 말도 안 된다. 공연 도중 얼마든지 사진을 찍을 수 있게 허락, 아니 되레 그것을 부추기고 사회관계망서비스에 올려주기를 기대할 것이다. 고객의 편의를 최우선으로 고려한다면 노년층이나 어린이 손님을 위해 저녁 7시에 공연을 시작할 수도 있다. 반면 노포 파레이리냐 데 알파마는 저녁 8시에 문을 열어 거의 10시가 다 되어서야 공연을 시작한다. 3대가 가게를 이어가는 동안 이사하거나 규모를 넓히는 일도 없다. 좁으면 좁은 대로 천장이 낮으면 낮은 대로 옹기종기 모여, 몸을 무대 쪽으로 틀어 공연을 함께 나눈다. 카자 데 파두의 본질을 지켜나가기 위해 기꺼이 불편함을 감수하고, 휴대폰이 존재하지 않던 과거 그대로의 모습을 고

집스럽게 이어간다. 나는 그러한 태도에 깊은 아름다움을 감지한다. 모두가 변해간다 해도, 우리는 변하지 않아도 된다고, 그래도 괜찮다고 알려주는 것 같아서.

우리 가게의 방식은 우리가 정한다. 손님에겐 기본적으로 친절하게 대하지만 불필요하게 숙이고 들어가거나 맞출 필요까지는 없다. 우리에게는 돈벌이보다 소중한 다른 가치가 있다. 그 소중한 가치를 추구함으로써 자부심을 지켜나가고 싶다. 이런 완고함을 가진 가게들에 속수무책으로 매료되는 것은 나로서도 어쩔 수가 없다. 정말이지, 그날 밤 나를 가장 설레게 하고 그 뒤로도 여운을 남겨준 한 순간은 브루노 코스타가 우리에게 '파두 음악을 듣는 법'에 대해 울컥한 목소리로 훈계해줄 때였다. 사실 그는 얼마나 이 말이 하기 싫었을까. 대체 언제쯤이면 이 얘기를 하지 않아도 될지, 아니 그런 날은 이제 다시는 오지 않는 게 아닐지, 그러니 이런 고집을 지켜나가는 것이 부질없지는 않을지, 나름대로 얼마나 고민을 숱하게 했을까.

부디 조용히 음악 소리에만 집중하자.

우리가 만들어내는 이 분위기를 그 무엇보다 소중히 하자.

지금 이 순간을 사진이나 온라인이 아닌 우리의 마음과 기억 속에만 남기자.

진실은 심금을 울린다. 그 덕분에 오늘 밤 파레이리냐 다 알파마라는 작은 공간에 함께 있던 우리 모두는 마치 해변가 모닥불을 동그랗게 둘러싸고 앉은 어린아이들처럼, 그 순간의 기쁨을 함께할 수 있었다. 파두 공연의 모습을 담은 사진은 그래서 단 한 장도 없다.

도시의
민낯

Friday,
January 11th

바이루 알투는 시내 중심인 시아두에서 조금 떨어진 언덕과 골목으로 이루어진 동네다. 15세기부터 형성된 구시가지로, 좁은 골목골목마다 오래된 상점과 카페와 식당이 있다. 혹자는 바이루 알투를 가장 리스본다운 거리라고도 한다. 아줄레주 타일로 장식된 외벽, 비좁은 길과 가파른 언덕, 그 사이를 오가는 비카 엘리베이터와 푸니쿨라 케이블카. 또한 바이루 알투는 밤에 가야 한다고도 사람들은 말한다. 낮에는 있는지도 모르는 숨겨진 작은 바와 클럽, 카자 데 파두 들이 일제히 환하게 불빛을 밝히며 리스본의 밤 문화를 이끌어간다고. 그런 이야기를 들어도 화려하게 화장한 밤의 얼굴보다 피로하고 초췌한 낮의 민낯이 나는 더 끌린다.

카이스 두 소드레역 인근의 개나리색 비카 엘리베이터 승강장에서 바이루 알투 산책을 시작한다. 지극히 평범해 보이는 연노란색 건물의 진초록색 아치형 문이 승강장 입구다. 위에 '아센소르 다 비카Ascensor da Bica'라는 문구가 적혀 있지 않았다면 지나쳐버렸을 것이다. 도착하니 이미 우리 앞에 일곱 명 정도가 서 있다. 입구 안쪽 직원에게 티켓을 구매하고 언덕 아래로 내려오는 비카 엘리베이터를 기다린다. 단 한 대가 언덕 저 위에서 사람들을 실어서 내려온 후, 이곳에서 다시 태워서 올라가는 구조다. 실제로 보는 비카는 사진과는 달리 겉이 온통 그래피티로 뒤덮여 있다. 이런 것을 가만히 두질 않는 게 젊음이라면 젊음이겠지.

열 명이 채 안되는 사람들을 태운 후 비카가 서서히 위로 올라간다. 레일이 깔린 길은 겨우 차 한 대 지나갈 정도로 좁고 양옆으로는 리스본의 오래된 건물들과 겨우 두 사람 지날 수 있을 법한 보행로가 있다. 건물 1층에는 이 길을 도보로 오르내리는 사람들을 위한 각종 상점들이 자리해 있다. 평범한 리스본 시민으로서는 시끄러운 비카가 하루에도 수십 차례 창밖에서 오가는 소리를 들어야 하니 거슬릴 법도 한데 그들은 짜증을 내는 대신, 창가에 화사한 화초를 장식해두는 아량

을 베푼다. 비카의 꼬리 쪽에 기대서서 창문 밖을 내다보니 청년 네다섯 명이 바지 호주머니에 손을 넣고 껄렁껄렁 언덕길을 오르고 있다. 그래, 젊음은 타는 대신 걷는 거였지. 그들의 어깨 너머로 눈부시게 빛나는 파란 테주강이 보인다. 그 둘은 썩 잘 어울린다. 이윽고 비카는 채 오 분도 못 채우고 종점에 다다른다.

"이제 우리 어디로 가?"

너무 금방 내려서 약간 실망한 윤서가 비카에서 폴짝 내리면서 묻는다. 딱히 생각해둔 게 없다고 하니, 목적지가 없으면 걷는 게 재미없단다.

"그럼 알칸타라 전망대까지 올라가보자. 거기서부터 바이루 알투 골목을 사다리 타듯이 걸어 내려오는 거야."

알칸타라 전망대Miradouro de São Pedro de Alcântara까지 오르는 동안에도 바이루 알투의 골목들은 리스본의 여타 동네와는 다른 모습을 보여준다. 가령 작은 바와 타파스의 주인장이 낮시간을 보내는 모습들. 피곤에 지친 얼굴로 나이트가운을 걸쳐 입고 쓰레기를 버리러 나온 여자. 식당 바깥 테이블의 한 자리를 차지하고 앉아 한가로이 신문을 읽는 남자. 밤 장사를

준비하는 이들은 낮 시간에 최대한 에너지를 아끼려는 듯이 차분하고 과묵하다. 거대한 메르세데스 벤츠 차량이 저만치서 멈추더니 손가락에 큼지막한 금반지를 서넛 낀 실크 양복 차림의 인도계 남자가 지팡이를 짚고 허름한 건물의 입구 안쪽으로 스윽 들어가버린다. 리스본에서 가장 많은 비밀을 품고 있는 어른스러운 동네다.

다른 날보다 쌀쌀한 날씨인 데다 고지대로 올라갈수록 찬 바람이 매섭다. 알칸타라 전망대에 도착하니 막아주는 건물 하나 없어 손과 귀가 시리다. 추우니까 더 허기가 진다. 다시 본격적인 바이루 알투 하행 산책을 시작하기 전에 여기서 잠시 망중한을 즐기기로 한다. 전망대의 녹색 키오스크로 가서 마르게리타 피자와 따뜻한 카푸치노, 그리고 레모네이드를 시킨다. 피자를 오물오물 먹으며 전망대를 천천히 둘러본다. 리스본의 수많은 전망대 중에서 이곳이 인기가 높은 이유를 알 것도 같다. 오래된 나무들이 울창한 숲의 느낌을 자아내고 어두운 녹색으로 칠한 벤치들은 적정 간격으로 전망을 바라볼 수 있게 비치되어 있다. 전망대 중앙의 커다란 분수대는 날씨가 따뜻해지면 상쾌한 기분을 더해줄 것이다.

상 조르즈 성 전망대에서 내려다보는 경치를 한번 보고 나면 리스본의 다른 전망대는 모두 시시하게 느껴진다는 게 틀린 말은 아니지만 알칸타라 전망대에선 상 조르즈 성 쪽의 전경이 훤히 내려다보인다는 또 다른 매력이 있다.

마시던 레모네이드가 지나치게 차갑게 느껴질 무렵, 우리는 다시 일어나서 몸을 움직이기로 한다. 이제는 거꾸로 북쪽의 알칸타라 전망대에서 남쪽의 카몽이스 광장Praca de Camões을 향해 천천히 걸어 내려간다. 좌측의 큰길을 따라 내려가다 보면 얼마 못 가서 우아한 상 로크 성당São Roque에 들를 수도 있겠지만 그보다는 바이루 알투의 미로 같은 골목에서 정처없이 헤매고 싶다. 올라오는 도중에는 바와 타파스 등 요식업 가게를 주로 지나쳐 왔다면, 내려가는 길에는 잡화점들이 유난히 눈에 띈다. 작은 액세서리와 옷 가게, 모자 전문점 등이 눈요기를 시켜준다. 오후 4시경, 거의 다 내려왔을 즈음 몹시 어여쁜 광경과 마주친다. 다섯 살도 채 안 되어 보이는 스무명 남짓의 꼬마들이 둘씩 손을 잡고 골목길을 건넌다. 그들을 인도하는 선생님들은 야광색 조끼를 걸치고 손에 STOP 팻말을 들고 있다. 하원 시간이 다 되어가는지 유치원 앞에는 젊은 엄마 아빠가 아이를 데려가려고 서성이고 있다. 겨우 반나절 만에 만나는 것이어도 부모는 아이를 다시 만날 생각에 들뜬다. 그 모습을 바라보며 나 역시도 과거에 누렸던 행복을 한번 더 곱씹게 된다.

발길 닿는 대로 바이루 알투 골목을 내려가다 보니 어느새 카몽이스 광장을 가로질러 시아두에 도착한다. 바이루 알투에 비하면 여기만 해도 평지라고 볼 수 있다. 바로 눈앞에 예고도 없이 그 유명한 카페 아 브라질레이라가 등장한다. 페르난두 페소아의 동상이 테라스에 설치된 그곳이다. 카페 아 브라질레이라는 페소아가 동료들과 문예지 창간을 도모할 때 아지트로 썼던 곳은 맞지만 엄밀히는 단골집이라고 하기엔 무리가 있다는 게 중평이다. 다만 발 빠르게 페소아의 동상을 만든 덕에 전 세계적으로 유명세를 타게 된 것일 뿐. 차라리 이 카페는 브라질에서 살던 아드리아누 텔레스가 진한 브라질산 커피인 비카bica를 리스본 시민들에게 소개하기 위해 문을 연 카페라고 보는 것이 보다 정직한 설명이겠다. 내부 분위기는 포르투Porto의 마제스틱 카페Majestic Café만큼이나 화사해 손님들로 늘 가득 차 있는 게 당연해 보인다. 하지만 역시 가장 분

주한 것은 바깥의 페소아 동상. 관광객들은 얌전히 줄을 서서 기다렸다가 차례대로 동상 옆에 앉아 페소아와 함께 기념사진을 찍는다. 사진 모델을 하지 않을 때에는 어린 개구쟁이들의 놀이 상대가 되어준다. 아이들은 페소아의 무릎을 밟고 올라가거나 팔을 부여잡고 매달리며 놀고 있다. 그 모습은 작가의 말로에 대해 생각하게 만든다.

카페 아 브라질레이라에서 바이샤 방면으로 걷다 30미터도 못 가서 사 다 코스타 서점Livraria Sá da Costa의 간판을 우연히 발견하고 속으로 쾌재를 부른다. 페린 서점과 베트란드 서점에 갔던 날 이런저런 이유로 찾지 못해서 아쉬움을 남겼던 곳이다. 뚝심 있게 정체성을 지키며 100년 이상을 버텨온 이 고서점에 대해 혹자는 리스본에서 가장 아름다운 서점이라고 한다.

두근거리는 마음을 진정시키며 천천히 문을 열고 들어간다. 오른쪽으로는 계산대 겸 사무 공간이 있고 저 안쪽 구석까지 동서고금의 헌책들이 빼곡히 꽂혀 있다. 서가 사이사이에는 고지도와 지구본, 판화와 옛날 사진 같은 앤티크가 즐비하다. 만져보는 것도 어디까지나 조심조심. 그도 그런 게 계산대를 지키는 서점 주인의 인상이 꽤나 매서워 보였으니. 서점을 구석구석 돈 후 다시 입구 쪽으로 오다가 벽 위에 걸린 사 다 코스타 서점의 오리지널 티셔츠를 발견한다. 서점 로고가 박힌 검정색 반팔 티셔츠다. 서점에서 파는 티셔츠는 왜인지는 몰라도 언제나 구매 욕구를 부추긴다. 다른 사이즈가 있는지, 옷을 가까이에서 볼 수 있는지 계산대에 다가가서 주인에게 묻는데 과연 말투가 차갑다. 그는 말없이 아래 서랍에서 티셔츠를 사이즈별로 내오더니, 비닐 안에 접혀 있는 걸 꺼내어 펼쳐 보여준다. 그리고 나는 경악한다. 보기에 흡족했던 'Livraria Sá da Costa'라고 프린트된 시크한 로고는 티셔츠의 뒷면이었고, 앞면에는 페소아의 두상이 거의 실물 크기로 금박 인쇄되어 있던 것이다.

"페르난두 페소아가 들어가지 않는 기념품은 정녕 없나보네요."

실망한 나머지 속내가 절로 튀어나왔다.

"그러게 말입니다."

냉정하고 무뚝뚝해 보이던 서점 주인이 웬일로 고개를 끄덕이며 수긍한다.

"주제 사라마구도 유명한 포르투갈 작가지만 그는 여기저기 안 쓰이잖아요."

내가 사라마구를 언급하자 서점 주인의 표정이 뜻밖에도 부드럽게 풀어지며 빙긋 웃는다.

"오, 난 사라마구가 좋아요. 페소아는…… 흠."

뒤에 생략된 말이 궁금해서 나는 눈을 치켜뜨며 그를 쳐다본다.

"제 생각은 이래요. 현 정권과 정치인들이 보수 우익 성향이어서 전통파이자 국가주의 성향인 페소아를 정책적으로 밀고 있는 거라고 봐요. 사라마구가 좌파인 건 알고 있죠?"

내가 고개를 끄덕여 보이자 그가 흡족해하는 눈치다.

"어쨌거나 난 사라마구를 훨씬 더 좋아해요. 물론 페소아는 시인이고 사라마구는 소설가지만요."

느닷없는 사라마구를 향한 사랑 고백. 하지만 그 역시도 페소아를 티셔츠에 집어넣는 일을 피해 가진 못한 것 같다. 페소아도 참 여러모로 고생이 많다.

"혹시, 당신의 사진을 찍어도 될까요?"

또 한 번 입 밖으로 불쑥 말이 튀어나왔다. 곰곰 따져보면 경악할 만한 티셔츠 디자인 덕분에 나는 이 근엄하고 괴팍한

인상을 지닌 서점 주인의 미소를 볼 수 있었던 것이다. 그가 손을 절레절레 흔들며 거절하리라 예상했지만 천만에. 아서 (그의 이름이다)는 어깨를 한번 으쓱하더니 계산대 뒤 책상의 자기 자리로 가서 안경을 벗고서는 개구진 미소로 포즈를 취해준다.

마지막
노을

내일이면 리스본을 떠난다고 생각하니 어쩐지 조금 쓸쓸해져서 오늘은 일부러 사람 많고 시끌벅적한 곳이 가고 싶어진다. 아침 식사를 마치고 도둑 시장Feira da Ladra으로 향한다. 상 빈센테 데 포라 성당São Vicente de Fora 앞에서 매주 화요일과 토요일, 오전 9시부터 오후 6시까지 열리는 벼룩시장이다. 정형화되지 않은, 각자의 이야기가 서린 물건들을 구경하는 것처럼 흥미로운 일이 어디 있을까. 비록 28번 트램과 더불어 소매치기를 가장 조심해야 하는 장소로 꼽히긴 하지만.

다양한 연령대와 피부색의 리스본 시민들이 한 평 크기의 좌판을 깔고 그릇, 도자기, 액자, 중고 서적, 장난감, 인형, LP,

빈티지 의류와 신발, 장식품 등을 팔고 있다. 다른 유럽 도시와 차별화되는 물품이라면 아마도 중고 아줄레주 타일일 것이다. 개당 3유로, 4개가 한 세트로 10유로다. 도둑 시장의 셀러들은 오래된 물건들을 고스란히 들고 나온 할머니와 할아버지들, 전문적인 중고 물품 취급업자들, 포르투갈 토산품을 저렴한 가격에 파는 상인들로 나뉜다. 느지막이 와서 좌판을 펴는 셀러와 일찍 와서 일찍 접는 셀러가 엇갈리고, 구경 온 사람들의 숫자는 갈수록 불어난다.

특별히 더 눈에 띈 몇 가지 물건들이 있다. 우선 비닐에 쌓인 한 묶음의 편지. 봉투에는 Air Mail 마크가 찍혀 있다. 누군가가 그리움을 담아 바다 너머로 주고받은 편지다. 영어였다면 당장 샀을 것이다. 나는 물욕이 없는 미니멀리스트에 가깝지만 초등학교 4학년 무렵부터 지금까지 받은 모든 편지들을 단 한 통도 버리지 않고 차곡차곡 상자 안에 모아두고 있다. 손으로 꾹꾹 눌러쓴, 한 사람의 기운이 스며 있는 종이들을 어떻게 버릴 수 있단 말인가. 부모님이 고등학교와 대학교 시절에, '선'과 '마리아'라는 낯 뜨거운 별칭으로 서로를 부르며 주고받은 연애편지 묶음을 엄마가 내게 보여줬을 때 달라고 할

걸, 챙기지 못한 것이 지금도 못내 애석하다.

한 가지 더 내 시선을 사로잡은 물품은 누군가의 빛났던 순간을 각인한 졸업장, 수료증, 표창장, 면허증 등이 끼워진 액자들이었다. 한때 누군가가 자랑스럽게 내세웠을 그것들은 주인이 주로 머무는 방의 벽에 걸려 있었을 법하다. 왜 눈에 띄었느냐 하면, 이 물건들이 상대적으로 사람들의 눈길을 전혀 끌지 못하고 있었기 때문이다. 온갖 물건들이 저마다 관심을 받고 있는 가운데 이것들이 담긴 상자는 누구 하나 가까이 다가가질 않는다. 하긴 누가 다른 사람(아마도 이미 사망한)의 박사 학위 수료증이나 의사 자격증 따위에 관심을 가진단 말인가. 가짜 경력으로 사기를 치려 해도 연도가 맞지 않는걸. 그 어떤 영광스러운 성취라 해도 결국 종잇조각 하나로 남을 뿐, 모든 것은 흔적도 없이 사라지고 만다.

아빠가 돌아가시고 나서 나는 그 집에 한 번도 가지 못했다. 새어머니에게 아빠의 타탄체크 머플러 하나만 내 앞으로 남겨달라고 부탁드렸지만 도저히 찾으러 갈 용기가 나지 않았다. 그사이 다른 형제들은 몇 차례에 걸쳐 아빠 소유의 귀중품을 각자 챙겨 온 모양이었지만 그런 건 아무래도 상관없었다. 결과적으로 내가 간직하게 된 그의 유품은 아주 오래전에 그가 슥슥 색연필로 그린 풍경화 한 점과 그의 인감도장이다. 마지막 뒷정리를 하는 와중, 어쩌다 보니 그렇게 되었다. 한때는 그가 꼭 손에 쥐고 있어야 했던 물건이지만, 지금 내가 둘러보고 있는 누군가의 학위 수료증이나 자격증처럼 이제는 아무런 의미가 없다. 엄마의 유품으로는 여성용 롤렉스 시계를 가지고 있다. 리스본에서 살 무렵, 여름방학을 맞이해서 자동차로 세 식구가 유럽 여행을 다닐 때 아빠는 베니스에서 엄마에게 그 타원형 가죽끈 시계를 선물했다. 지극한 사랑의 징표를 받은 엄마의 눈빛을 여전히 기억한다. 나도 곁에서 더불어 설레었으니까. 그날 이후로 엄마는 그 시계를 몸의 일부처럼 20년 넘게 차고 다녔다. 그사이 두어 번 가죽끈을 교체해야만 했다. 암 투병 중에 엄마가 그 시계를 풀어 내게 몰래 남겨주었을 때, 나는 그녀가 마음의 준비를 마쳤음을 알았다.

캄포 데 산타 클라라Campo de Santa Clara에서 마르팅 모니스

역으로 건너와 28번 트램을 타고 오늘의 마지막 행선지인 에스트렐라 대성당Basílica da Estrela에 가려고 했지만 승강장에 사람들이 너무 많아서 포기했다. 그 대신 하얀 바탕에 파란색 크리스마스 장식을 두른 툭툭에 올라탄다. 오토바이 택시 툭툭은 리스본의 평지와 언덕을 번갈아 오르락내리락하며 동쪽 끝에서 서쪽 끝으로 우리를 태우고 간다. 바닥이 대부분 돌길이라 승차감이 결코 편하다고 할 수만은 없다.

리스본에는 저마다 역사를 지닌 아름다운 성당이 많지만 딱히 시간을 내서 제대로 본 곳은 없다. 다만 에스트렐라 대성당만은 꼭 한번 들르고 싶었다. '별'이라는 뜻을 가진 'Estrela'라는 단어가 사랑스럽기도 하거니와 성당 전체가 하얀색 외관인 것도 좋다. 하물며 바로 앞에는 에스트렐라 정원Jardim da Estrela이 있다. 툭툭을 타고 가는 길에 새하얀 둥근 돔과 한 쌍의 종탑이 멀리서도 눈길을 사로잡는다. 우리는 어느새 우아한 신고전주의 양식의 성당 앞에 도달한다. 안으로 들어가니 예배당 밖의 홀 오른편에서 한 남자 직원이 테라스에 올라가겠느냐고 묻는다. 아마도 종탑이 있는 맨 꼭대기층을 말하는 모양이다. 얼떨결에 4유로의 적지 않은 입장료를 내고서 윤서와 나는 비좁은 회오리 계단을 올라가기 시작한다. 마치『이상한 나라의 앨리스』에 나오는 통로와도 같다. 고소공포증이 있거나 체력이 약하면 올라가지 말라고 써 있기에 그런가보다 했는데 과연 일리 있는 주의 사항이다. 계단을 오르고 올라도 끝이 나질 않는다. 도중에 두 번이나 멈춰 서서 숨을 헐떡인다. 영원히 이렇게 올라가야만 할 것처럼 눈앞이 핑핑 돈다(나중에 내려갈 때 계단 숫자를 세어보니 111개였다). 후회의 감정이 안에서 끓어오르려던 찰나, 빼꼼히 열린 출구의 틈새로 희미한 햇빛 줄기가 보인다.

밖으로 나오자 주변엔 온통 구름과 푸른 하늘뿐이다. 시원한 바람이 나부끼는 가운데 마침내 이곳에 당도했다는 기분 좋은 노곤함이 몸을 감싼다. 성당 꼭대기에서 내려다보이는 에스트렐라 지역의 평화롭고 아련한 모습에 조금 전까지 느끼던 후회는 감쪽같이 사라져버린다. 옥탑 중간의 통유리창으로 예배당을 내려다볼 수도 있다. 긴장을 풀고 넋을 놓고 있다가 엉겁결에 삼십 분에 한 번씩 울리는 종소리에 그만 고막이 얼얼해지도록 깜짝 놀라, 윤서와 얼굴을 마주 보고 한참 웃는다. 시계를 보니 오후 5시. 그 덕에 마음이 누그러져, 평소 사진 찍기를 참 싫어하는데도 우리는 해 지는 모습을 배경으로 사이 좋게 사진을 남긴다.

다시 계단을 내려와 예배당 안으로 들어간다. 분홍과 검정이 섞인 대리석이 바닥과 벽을 장식하고, 둥근 천장은 반짝반짝 빛나는 만화경 속을 들여다보는 것만 같다. 흠잡을 곳 하나 없는 아름다운 성당이다. 나는 어느새 예배당 의자에 자리 잡고 앉아 가만히 장내에 울려 퍼지는 소년 합창단의 성가에 귀 기울인다. 몇몇 관광객을 제외하고는 이 안에 있는 모두가 혼자 들른 리스본 시민이었다. 내가 앉은 왼쪽으로는 장바구니를 들고 온 연청색 점퍼의 흰머리 할아버지가 기도를 하고 있다. 찬송을 들으며 눈앞의 십자가에 못 박힌 예수와 그 양옆의 두 손 모은 천사상을 멍하니 지켜본다.

그러다가 예기치 못한 눈물샘이 터져버린다. 일부러 어떤 감정을 느끼려고 애쓴 것도 아니다. 윤서에게 우는 모습을 보여주는 것이 부끄러워 몸을 반대편으로 돌려보았건만 눈물은 대책 없이 계속 흐른다. 그럴수록 형언할 수 없는 무언가로부터 자유로워진다. 눈을 감고 알 수 없는 힘에 이끌려 두 손을 마주 깍지 낀다. 나에게는 종교가 없지만 이때만큼은 마음을 비우고 신의 존재를 떠올린다. 이제는 내 곁에 없는 두 사람의 영원한 안식이 온화하기를.

❖

에스트렐라 정원 입구에는 금발의 중년 여성이 군밤을 팔고 있다. 리스본의 겨울을 걷다 보면 종종 마주치는 풍경이다. 석탄으로 흰 연기를 뿜어내면서 밤을 구워주는데 한 봉지에 2유로다. 부드럽고 달콤한 군밤에는 소금이 살짝 뿌려져 있다. 이미 테주강과 시아두 번화가에서 사 먹어봤지만 윤서 말로는 이곳, 에스트렐라 정원 정문 앞에서 먹은 군밤이 가장 맛있다고 한다. 군밤 수레의 흰 연기 내음이 정겹다.

정원 안으로 들어갈 무렵에는 이미 땅거미가 지기 시작한다. 토요일 오후의 나른함을 즐기는 사람들. 유모차를 끌고 나온 가족들, 개와 산책하는 남자, 아이들은 정글짐과 그네에서 놀고 키오스크에서 차 한잔하는 엄마들, 잔디 위에 천을 깔고 모인 피크닉을 나온 학생들, 연못에서 유유히 떠다니거나 뭍

에서 뒤뚱뒤뚱 걸어 다니는 거위와 오리 들. 시인이자 정치가인 중케이루Abílio Manuel Guerra Junqueiro가 사재를 털어 기증한 이 정원에는 반얀나무, 오렌지나무, 대나무, 유칼립투스, 선인장, 자카란다 등 아시아와 아프리카 태생의 나무들이 함께 자라고 있다. 점점 어둠이 밀려오자 에스트렐라 정원의 가로등이 일제히 은은한 노란 불을 밝힌다. 지금 시각 5시 47분. 새들이 지저귀는 소리와 대성당의 종소리가 귓가에 울려 퍼진다. 서늘한 바람이, 조금 감정적이 되어 달뜬 몸을 기분 좋게 식혀 준다. 하루의 마무리를 공원이나 정원에서 할 수 있다는 것은 썩 괜찮은 일이다. 이런 평화로운 곳에서 마지막 밤을 맞이할 수 있어서 기쁘다. 인생도 이럴 수 있다면 참 좋겠지.

아까 마르팅 모니스역에서 28번 트램을 타지 못한 아쉬움에, 우리는 에스트렐라 대성당 앞에서 어느 트램이든 오는 대로 타고 숙소로 돌아가기로 한다. 먼저 온 것은 12번 트램이다. 시내까지 가는 노선은 28번과 같지만 자리가 훨씬 더 여유롭다. 아니나 다를까 타고 보니 승객은 고작 다섯 명이 다다. 하물며 관광객처럼 보이는 사람은 아무도 없다. 창밖으로 그윽한 주황색 노을이 지기 시작한다. 가만히 그 풍경을 눈에 담으며 덜컹거리는 마지막 트램 라이드를 즐긴다. 중간중간 마치 약속이라도 한 것처럼 각 정거장마다 한 사람씩 내린다. 마침내 동그란 모자를 쓴 아주머니가 내리고 이제 12번 트램 안에는 운전기사와 우리뿐이다. 내가 리스본 트램의 실내 모습을 사진에 담고 싶어 했던 것을 기억해낸 윤서가 엄마 지금 사람 없어, 어서 지금 사진 찍어,라며 들뜬 목소리로 속삭인다. 멍하니 앉아 있던 나는 부랴부랴 배낭에서 카메라를 꺼내 든다. 렌즈 너머로 지금은 텅 비어 있는 저 공간에 앉거나 서 있었을 수많은 사람들의 모습을 상상해본다. 우리는 트램 위에 올라타고, 자리에 앉아 창밖 세상을 구경한다. 그러다가 저마다 자신의 때가 되면 트램에서 내린다. 누구는 더 먼저 내리고 누군가는 더 나중에 내린다. 다만 모두가 언젠가는, 한 사람도 빠짐없이 내려야만 한다. 그것은 우리에게 주어진, 이를테면 약속 같은 것이다.

출발

리스본의 인스피라 산타 마르타 호텔을 먼 훗날 회상한다면 아마도 나는 조식 식당의 키가 훌쩍 큰 남자 직원을 가장 먼저 기억하게 될 것 같다. 그가 일하는 모습은, 지켜보는 사람의 마음을 움직이는 면이 있다. 어쩌면 그가 이주민이라는 사실이 영향을 미친 것일지도 모른다.

몸놀림이 빠른 그는 아침 식사를 하러 식당에 들어오는 손님을 결코 기다리게 하지 않는다. 낯선 억양이지만 힘차고 또렷한 목소리로 손님이 원하는 주스와 커피 종류를 묻는다. 뷔페 스테이션의 음식이 떨어지면 재빨리 셰프에게 요청해서 새것으로 채워다 놓는다. 식사 중인 손님들이 언제고 도움을 요청할지 모르니 테이블들을 주의 깊게 살피지만, 시선 처리가 부담스럽지 않게끔 조심하고, 먼저 손님에게 다가가 친절함을 내세우진 않는다. 손님이 식사를 마치고 나갈 때는 뒤따라가서 끝까지 배웅하며 다정한 인사를 건넨다. 그러고는 이내 돌아와, 그들이 사용한 테이블을 빈틈없이 말끔히 정리한다. 어떤 일을 하느냐보다 어떻게 일을 하느냐에서 격차를 깨닫고 나면, 세상엔 '단순 업무'란 사실상 없고, 타인의 일하는 모습에서 감동을 받을 수도 있다는 사실을 알게 된다. 이 직원이 성의를 다해 능수능란하게 일하는 모습을 보는 것이 매일 아침 내가 누리던 사사로운 즐거움이었다. 그리고 오늘은 나흘 밤을 묵고 체크아웃을 하는 마지막 날. 그는 평소에 식사를 마친 나를 배웅하면서 항상 그 특유의 억양으로 "땡큐, 맴"이라고 인사를 했더랬다. 한데 오늘은 인사말이 조금 길다.

"땡큐 베리 머치, 맴. 씨 유 투모로."

그 말을 듣는데 가슴이 철렁 내려앉는다. 너무나 당연하다는 듯이, 아무렇지도 않게 활짝 미소 지으며 내일 또 보자니. 곧이곧대로 오늘 리스본을 떠난다고 말해줄까 잠시 생각도 해보았지만 그러지 않는 편이 낫겠다.

"땡큐. 씨 유 투모로."

똑같이 따라서 인사를 한다. 정말, 당신의 모습을 내일도 볼 수 있다면 좋을 것 같다.

순하고 다정한 사람들이 있는 장소로 나를 데려가고 싶었다. 그 바람대로 나는 리스본에서 겸허하고 인정이 많은 사람들을 만났다. 아빠가 돌아가신 이후 반년에 걸쳐 인간이 가진 썩 아름답지 못한 일련의 모습들을 목격하며 차갑게 굳어가던 내 심장은 그들이 나눠준 온기 덕분에 조금씩 부드럽게 풀려갔다. 환멸이 자칫 인간에 대한 불신으로 이어지려던 내 마음을 그들이 제자리로 되돌려놔 주었다. 소박하고 천성이 고운 리스본 사람들의 대가를 바라지 않는 선의가 고통에 둔감해지고 싶어 일부러 죽어가던 나의 감각을 다시 조용히 깨어나게 해주었다. 나를 위로해주려고 애쓰지도 않았지만, 지나고 보니 크나큰 위안이 되어준 것이다. 그간의 일기에 등장한 사람들도, 등장하지 않은 사람들도 여럿이다.

❖ 에스토릴에서 "포르투갈 해변에서 좋은 시간 보내요!"라며 처음 보는 우리의 여행이 행복하기를 기원해주던 주근깨 긴 머리 소녀.

❖ 긴초 해변에 내려서 우리가 시간을 보내는 동안 묵묵히 기다려준 택시 기사 파비오.

❖ 프라제레스 묘지에서 헤매던 우리를 몸소 안내해준 검정 고양이와 묘지 관리인.

❖ 나의 감정적이고도 사적인 문의 메일에 '아버지에 대한 이야기를 우리와 나눠줘서 고맙다'라며 살갑게 답장을 보내준 리스본 대학 직원 클라우디아.

❖ 어린 시절에 살았던 아파트를 보고 올 수 있도록 격려해주고 안심시켜준 1869 프린시피 레알의 매니저 프란시스코.

❖ 파두 골목에서 자기 자리를 비우면서까지 미아가 될 뻔한 우리를 구해준 다른 카자 데 파두의 아저씨.

❖ 고가의 약을 팔 수 있었는데도 우리의 비용을 아껴주려고 이리저리 방법을 찾으려 애쓴 프린시피 레알의 기품

있는 약사.

✤ 신호등 없는 횡단보도를 건널 때 뒤에서 속도를 내던 자
  동차를 손 신호로 막은 후, 우리에게 어서 지나가라고 배
  려해준 자전거 탄 청년.

✤ 돌길에서 넘어져 무릎을 다친 나의 속상한 기분을 감지
  하고 두루 자상하게 마음을 써준 버트란드 서점 카페의
  바리스타 그녀.

✤ 에그타르트를 사려고 줄을 서며 호주머니에서 돈을 꺼내
  던 중, 20유로 지폐가 바닥에 떨어져 바람에 날려가자 뛰
  어가서 주워다 준 트렌치코트를 입은 직장인.

✤ "36년 만의 만남 무척 즐거웠고, 아버님 소식을 듣고 마
  음이 아팠으나 모두가 지나간 일들이니 앞을 향해 정진
  하기 바랄게"라는 작별 문자로 마지막까지도 위로해주
  셨던 소진화 아저씨 부부.

이제 나는 다년간의 경험으로 안다. 내가 앞으로 살아 있는 동안, 이 좋은 사람들을 두 번 다시 만날 일은 아마도 없으리라는 것을. 또한 리스본에 다시 가는 일도 결코 쉽지 않으리라는 것을.

가지 못하는 것을 안다고 하더라도 나는 매년 6월이 되면 연보라색 자카란다 꽃나무가 흐드러지게 만개한 모습이 보고 싶어질 것이다. 여름날이 오면 긴초 해변의 그르렁대는 파도 속으로 더 깊이 들어가고 싶어질 것이다. 9월이 되면 올리브 나무밭에서 윤기 나는 검정색 올리브를 손수 수확하는 기쁨을 꿈꿀 것이다. 날이 추워지면 한겨울에도 온기를 나누어주던 리스본의 눈부신 햇살을 기억할 것이다. 그리고 행여 마음이 지치기라도 하면 선량한 리스본 사람들이 내게 다정하게 대해준 순간들을 떠올리며 힘을 낼 것이다.

나중에 윤서가 어른이 되면, 어쩌면 열 살 때 엄마 손에 이끌려 훌쩍 다녀온 리스본을 애틋하게 생각할지도 모르겠다. 만약 그렇다면, 망설이지 말고 다녀오렴. 네가 사랑하는 사람과 함께.

기장의 안내 방송이 나오고 곧이어 KLM 항공 855편이 인천공항 활주로를 향해 하강하기 시작한다. 나는 거의 한숨도 못 자고 이런저런 생각을 하고 있었다. 승객들은 앞 화면의 '도착지까지 남은 시간'을 멍하니 바라보며 승무원의 안내에 따라 하나둘 기내 창문의 슬라이드를 위로 올린다. 아침노을의 붉은빛이 눈부셔서 시린 눈을 깜빡인다. 그런 줄도 모르고 깊이 잠든 윤서의 뺨은 아침 햇빛으로 더욱 사과처럼 빨개졌다. 그만 윤서를 흔들어 깨울까 하다가 그러지 않기로 한다. 그 대신 아이의 부드러운 뺨에 입을 맞춘다.

이제 내게
남은 것들

긴 꿈을 꾸다 온 기분이다. 지금 이 순간에도 아스라이 리스본의 풍경들을 떠올린다. 눈이 시리도록 푸른 테주강과 쨍한 햇살, 아침의 차갑고 투명한 공기, 발바닥으로 느끼는 둔탁한 칼사다 포르투게자의 촉감, 파삭파삭한 부겐빌레아 꽃잎, 어쩌다 한번씩 울리는 트램 경적, 가장 부드러운 라틴계 언어의 발음, 우연히 만난 사람들의 이유 없는 온기. 그리고 아침에 눈을 떠서 윤서와 얼굴을 마주 보며 느끼던 느슨한 행복. 지금은 선명한 그 감각들도 세월이 흘러가면 점점 옅어지겠지만 그 또한 지극히 자연스러운 일이니 괜찮다고 생각한다. 시아두를 걷다가 넘어져서 생긴 왼쪽 무릎의 푸른 멍은 이제 많이 연해졌지만 가끔 여전히 찌릿찌릿 아플 때가 있다. 그런데 나는 그 통증이 그리 싫지가 않다. 내가 리스본을 두 발로 걸어다녔다는 살아 있는 증거이기도 하고, 무릎이 아플 때마다 나는 그곳을 기억하게 될 테니까.

사람들은 곧잘 내게 왜 기왕 리스본에 간 거, 포르투에도 들르지 않았느냐고 물었다. 포르투 참 좋고 볼 것 많은데,라고 애석해하며. 그들의 말대로 포르투는 무척 좋아 보였고 가보고 싶은 곳도 여럿 있었다. 실은 한때 숙소를 예약해두기도 했다(참고로 인파티오 게스트하우스InPatio Guesthouse다). 하지만 결국 그렇게 하지 않기로 했다. 왠지 그래서는 안 될 것 같았다. 온 마음을 다해 오로지 리스본에만 집중하고, 시간을 듬뿍 들여 천천히 그리고 세심하게 리스본만을 응시하고 오는 것이 옳은 일처럼 여겨졌다. 여행이라기보다는 옛날에 살던 한 사람의 주민으로서 다시 돌아가 정성껏 하루하루 지내다 오는 것이 슬픔을 달랠 수 있는 유일한 방법이라고 생각했다. 서울에서는 도저히 그럴 수가 없었으니, 잠시 모든 것을 멈추고 얼마간의 시간을 통째로 비워 다른 차원의 공간으로 나를 데려다놓고 몸과 마음을 쉬게 할 필요가 있었다. 처음엔 그것도 모르고 그와 반대로 일부러 스스로를 더 바쁘게 몰아붙이기도 했다. 리스본은 그를 위한 최적의 장소였다.

가끔은 리스본에 살던 시절의 부모님보다도 지금의 내 나이가 더 많다는 게 불가사의한 기분이 든다. 나이상으로는 분명히 내가 더 어른이어야 할 터인데 그들 앞에서는 영원히 어린아이에 머물러 있다. 리스본에 머물면서 그들을 많이 생각했다. 가장 눈부시고 행복했던 그들의 모습을 되새기며 슬픔을 추스르기도 했지만 한편으로는 부모님에게 느꼈던 실망과 서러움 같은 부정적인 감정들이 여과 없이 밖으로 흘러나왔다. 원망과 경멸의 감정을 속으로 품었던 일도 생생히 기억했다. 그러는 나를 굳이 나무라지도 않았다. 그들의 죽음을 막지 못한 죄책감과 그들의 마지막 시간에 내가 더 잘 처신할 수 있지 않았을까 싶은 자책을 이미 충분히 느끼고 있었으니까. 슬픔에 잘 대처하려면 솔직한 마음을 토로하고 정직해져야 한다고 배우기도 했다. 애초에 나는 그들의 무결과 불멸을 기대해서는 안 되는 것이었다. 우리는 모두 완전한 인격과는 거리가 멀고 언젠가는 소멸하는 것이다.

리스본에서 보낸 시간들은 통제할 수 없는 그 당연한 사실을 우아하게 직시하고 받아들이기 위함이었다. 그래야만 나는 그들을 마음껏 그리워할 수가 있고, 그래야만 내가 그들을 놓아주고 인생의 다음 단계로 넘어갈 수가 있을 테니까. 소멸과 생성, 끝과 시작은 하나의 몸이고, 끝이 있기에 우리는 순간순간의 찬란함을 한껏 껴안을 수 있다. 혹은 나는 모종의 '의미'를 찾아 헤맸는지도 모른다. 우리가 부모 자식 관계로 만나게 된 의미, 죽음이라는 결론이 이미 나와 있는데도 삶을 한껏 껴안고 가야 하는 의미, 상대와 나를 용서하는 일의 의미…… 그를 찾기 위해 나는 차분히 많은 것들을 응시하고, 소화시키고, 어떤 형식으로든 이야기를 천천히 시작해야만 했다. 지금의 나는 한결 자유롭고 가벼운 마음이다. 스스로 확신하게 된 몇 가지 덕분이기도 하다.

엄마 아빠는 그 시절 행복했었구나.
서투르게나마 나는 사랑받았었구나.

그리고, 나도 앞으로 내 아이를 힘껏 사랑해주어야겠다.

이 이상 무엇을 더 바랄 수 있을까. 이미 이것으로 너무나 충분한 것을.

그러니까 윤서야.

이제는 너의 시대야.

인생의 모든 눈부신 것들을 다 너에게 넘길게.

◇

한 연인은 노을을 배경으로 입을 맞추고 또 다른 연인은 서로를 품에 끌어
안는다. 그리운 얼굴을 떠올리는 아련한 표정의 옆모습들도 더러 보인다. 아
마 나도 다른 사람들에게는 그중 하나였을 것이다. 일몰의 스펙터클은 강렬
했지만 이욱고 모든 게 끝이 났다. 지나고 보면 정말 짧은 일순간이었다. 마치
우리 인생의 찬란했던 순간들처럼. 어둑어둑해지는 가운데 이따금 슬픈 표정
들이 보였다.

하지만 어쩌면 그것은, 너무나 아름다운 것을 보았기 때문에 그럴 수 있었
던 게 아닐까. 저 멀리서 성당 종소리가 울리자 기다렸다는 듯이 리스본 거리
의 가로등이 하나둘 불빛을 밝힌다.

◇

　강아지와 어린이들은 어쩌면 저렇게 바다만 보면 신나할까. 바다의 무엇이
그들을 그토록 이유 없이 달리게 만드는 걸까. 어째서 파도와는 질리지도 않
고 끝없이 함께 놀 수 있는 것일까. 경이로울 따름이다. 토끼 같은 앞니 탓에
웃는 일에 인색해서 대부분 무표정하던 그 시절의 열 살 어린이도, 이곳 바다
에서 놀 때만큼은 한결같이 입꼬리가 귀에 걸릴 것처럼 온 힘을 다해 웃고 있
었다.

◇

'과거'의 아빠에 대한 이야기를 하며 깔깔대다가도 '얼마 전'까지의 아빠에 대한 이야기는 피할 수가 없었고, 그러다 보면 웃다가 또 갑작스레 눈물이 나오는 건 어쩔 도리가 없었지만, 그래도 이미 함께 넘치는 웃음을 나누었기에 마음속 멍울의 크기가 줄어간다. 아주머니와 아저씨를 가만히 지켜보는 것만으로도 나는 위로를 받고 있었다.

◇

　그래도 사랑하는 사람이 바로 곁에서 새근새근 들숨 날숨을 내쉬며 자는 모습을 보면 뭐 어쩌겠어, 싶다. 사실을 고백하자면, 나는 딸아이를 바라보는 것만으로도 행복하다. 나에게 행복이란 그런 것이다. 그보다 더한 행복? 내가 사랑하는 사람이 행복해하는 모습을 볼 때. 가령 윤서가 행복해할 때 나의 행복은 그 곱절이 된다. 열 살의 나도 부모님에게 그런 존재였을까. 이젠 물어볼 수도 없지만, 그런 마음이었다면 참 좋을 것 같다.

◇◇

열 살 때 엄마 아빠와 카자 데 파두에서 찍은 사진을 소중히 가지고 있다. 그날 저녁 조금 멀리 나들이를 간다며 내 긴 머리를 양갈래로 빠짝 묶던 감촉이 여전히 생생하다. 열 살인 윤서에게도 파두를 들려주고 싶었다. 비록 그때의 나처럼 이게 뭐지 싶어 고개만 꺄우뚱하겠지만.

◇

밖으로 나오자 주변엔 온통 구름과 푸른 하늘뿐이다. 시원한 바람이 나부끼는 가운데 마침내 이곳에 당도했다는 기분 좋은 노곤함이 몸을 감싼다. 성당 꼭대기에서 내려다보이는 에스트렐라 지역의 평화롭고 아련한 모습에 조금 전까지 느끼던 후회는 감쪽같이 사라져버린다. 그 덕에 마음이 누그러져, 평소 사진 찍기를 참 싫어하는데도 우리는 해 지는 모습을 배경으로 사이좋게 사진을 남긴다.

임경선

서울에서 태어나 요코하마, 리스본, 상파울루, 오사카, 뉴욕, 도쿄에서 성장했다.
2005년부터 글을 쓴 이래, 산문 『엄마와 연애할 때』 『나라는 여자』 『태도에 관하여』 『어디까지나 개인적인』 『자유로울 것』 『교토에 다녀왔습니다』, 소설 『어떤 날 그녀들이』 『기억해줘』 『나의 남자』 『곁에 남아 있는 사람』 등을 펴냈다. 네이버 오디오클립 '요조와 임경선의 교환일기'를 진행 중이다.

다정한 구원

초판 1쇄 발행 2019년 6월 3일
초판 4쇄 발행 2019년 6월 19일

지은이 임경선   사진 위윤서 임경선
펴낸이 강일우   본부장 박신규
책임편집 이하나   디자인 미디어창비 디자인팀

펴낸곳 ㈜미디어창비
등록 2009년 5월 14일
주소 04004 서울 마포구 월드컵로12길 7 창비서교빌딩
전화 02) 6949-0966   팩시밀리 0505-995-4000
홈페이지 www.mediachangbi.com   전자우편 mcb@changbi.com

ⓒ 임경선 2019
ISBN 979-11-89280-28-4 03810

표지 그림 「Trapezi al cel」 2014(Oil on canvas)
Copyright ⓒ Magí Puig
All rights reserved.